[illegible]の源氏物語

山崎ナオコーラ

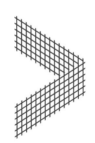

淡交社

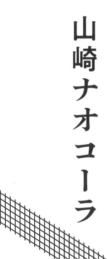

*本書は、月刊誌『なごみ』での連載「未来の源氏物語」(2021年1〜12月号)をもとに、大幅に加筆修正を加えたものです。

*原文の引用は、新潮日本古典集成『源氏物語(一〜八)』を底本としました。

目次

『源氏物語』人物相関図

（本書に登場する人物のみ）

① 光源氏と都の人々

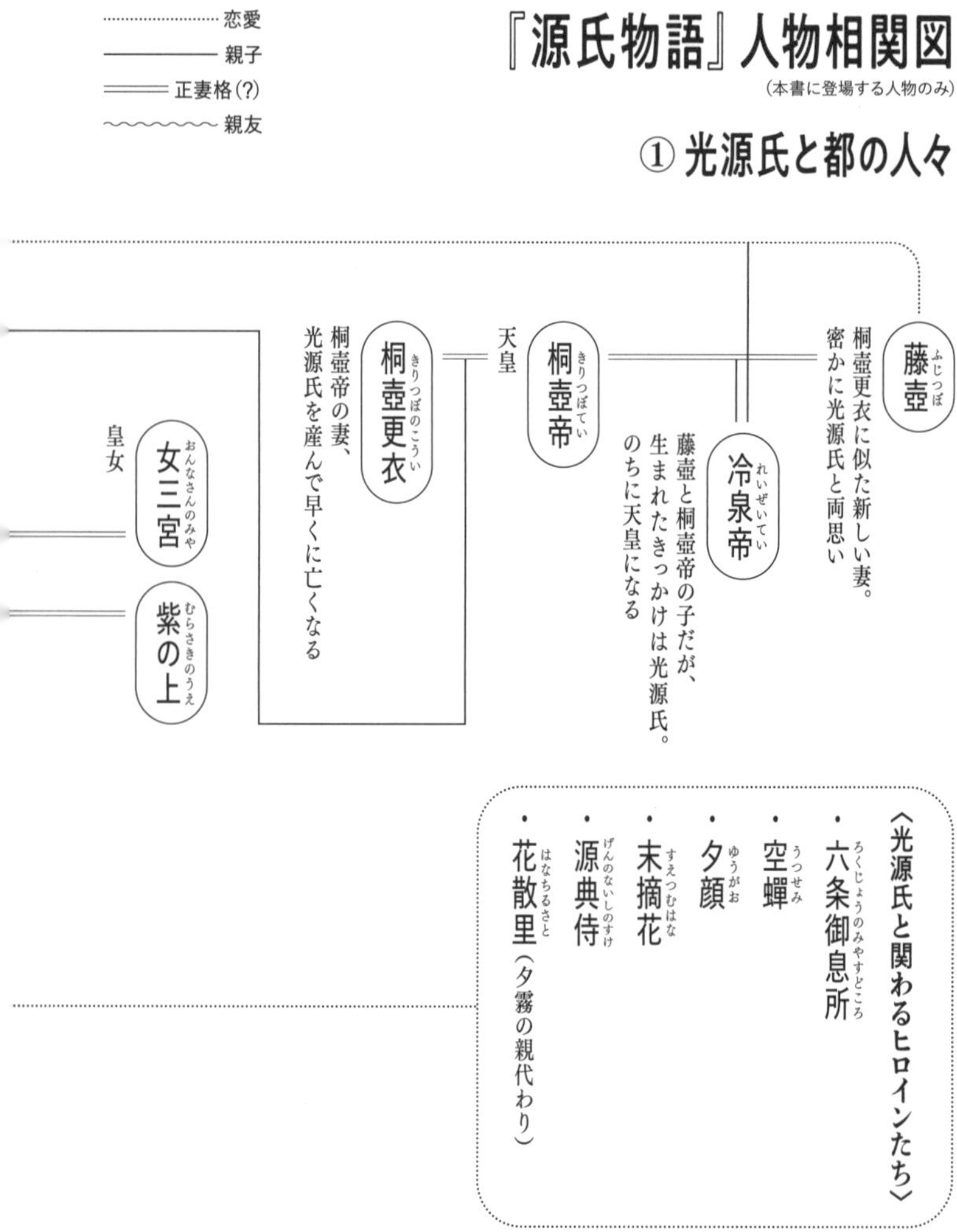

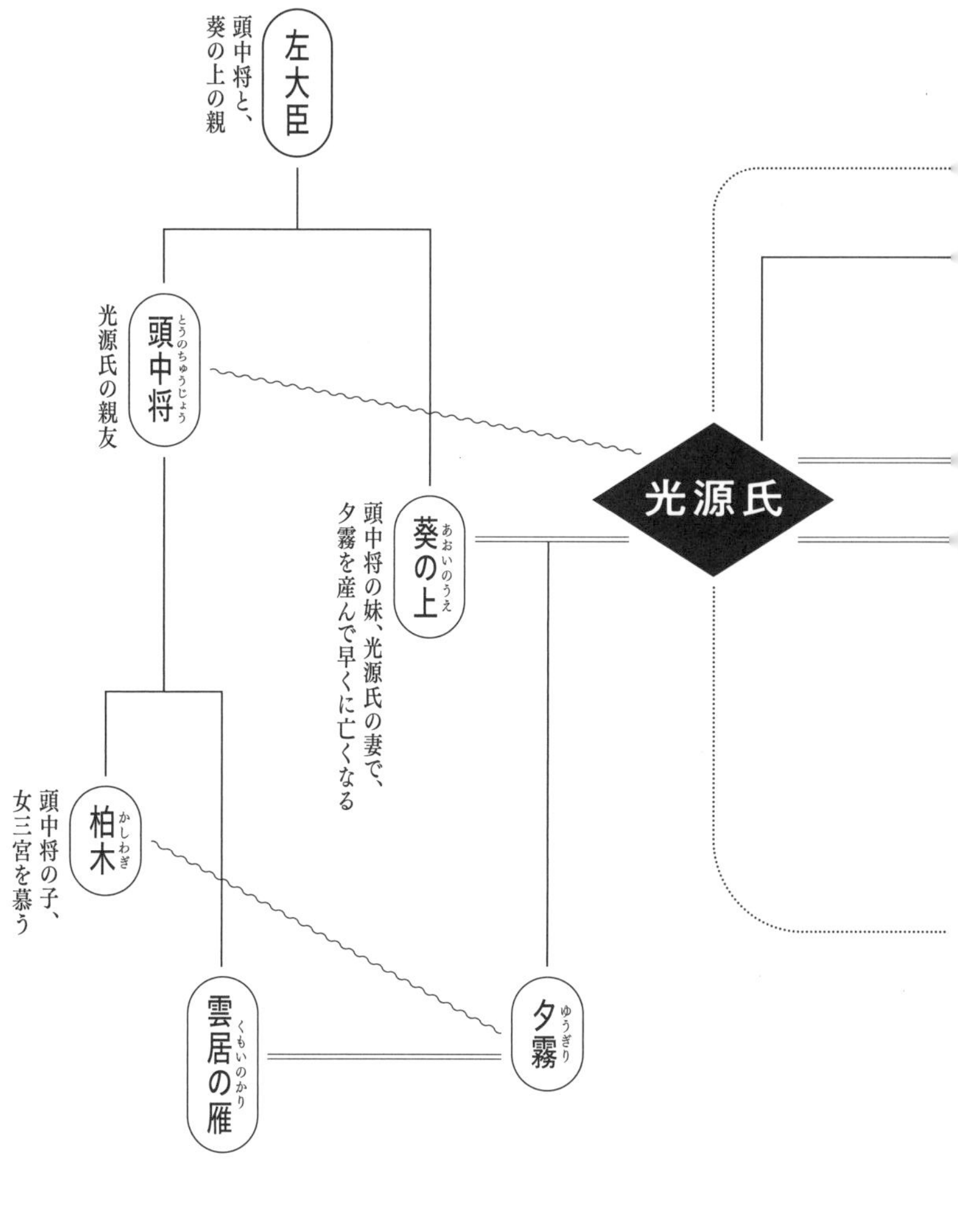

左大臣
頭中将と、葵の上の親
頭中将《とうのちゅうじょう》
光源氏の親友
葵の上《あおいのうえ》
頭中将の妹、光源氏の妻で、夕霧を産んで早くに亡くなる
光源氏
柏木《かしわぎ》
頭中将の子、女三宮を慕う
雲居の雁《くもいのかり》
夕霧《ゆうぎり》

② 明石

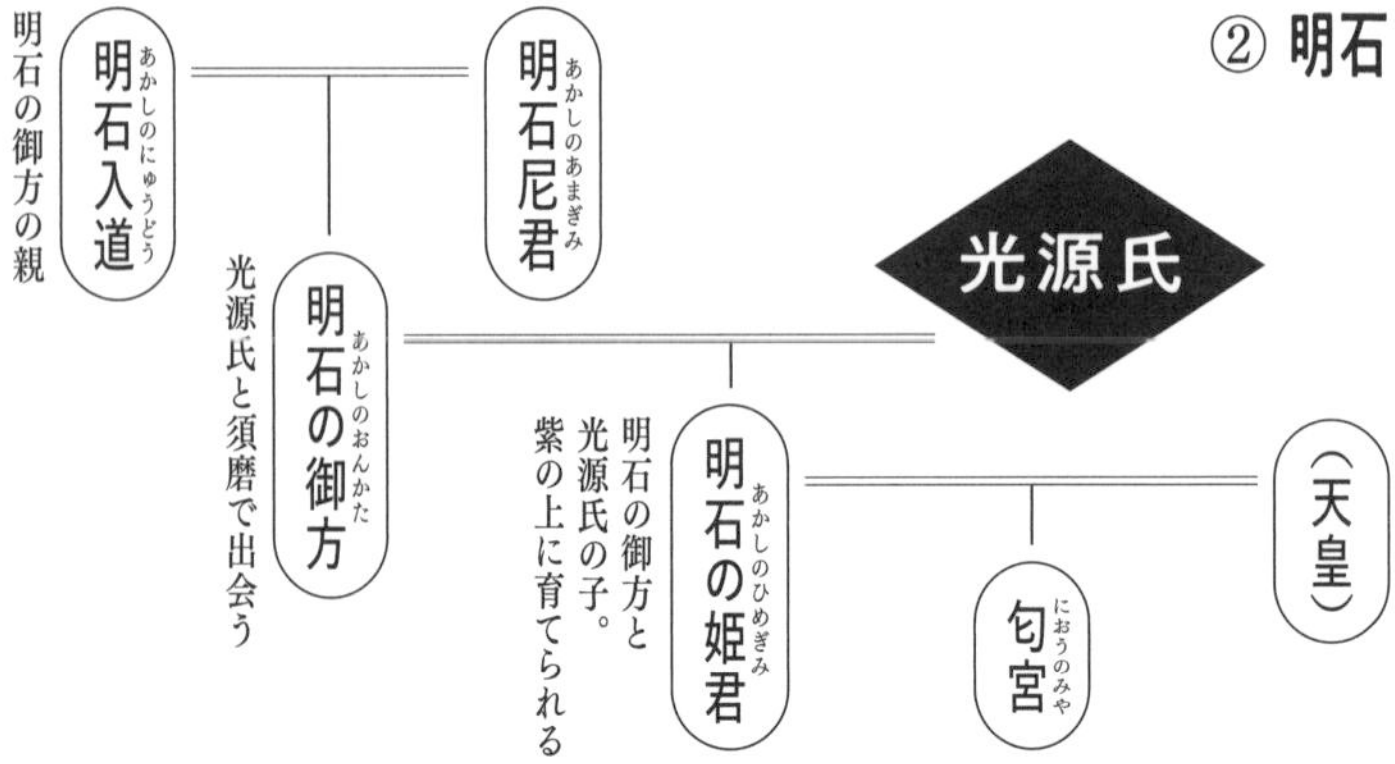
光源氏
明石尼君《あかしのあまぎみ》
明石入道《あかしのにゅうどう》
明石の御方の親
明石の御方《あかしのおんかた》
光源氏と須磨で出会う
明石の姫君《あかしのひめぎみ》
明石の御方と光源氏の子。紫の上に育てられる
（天皇）
匂宮《におうのみや》

③「宇治十帖」

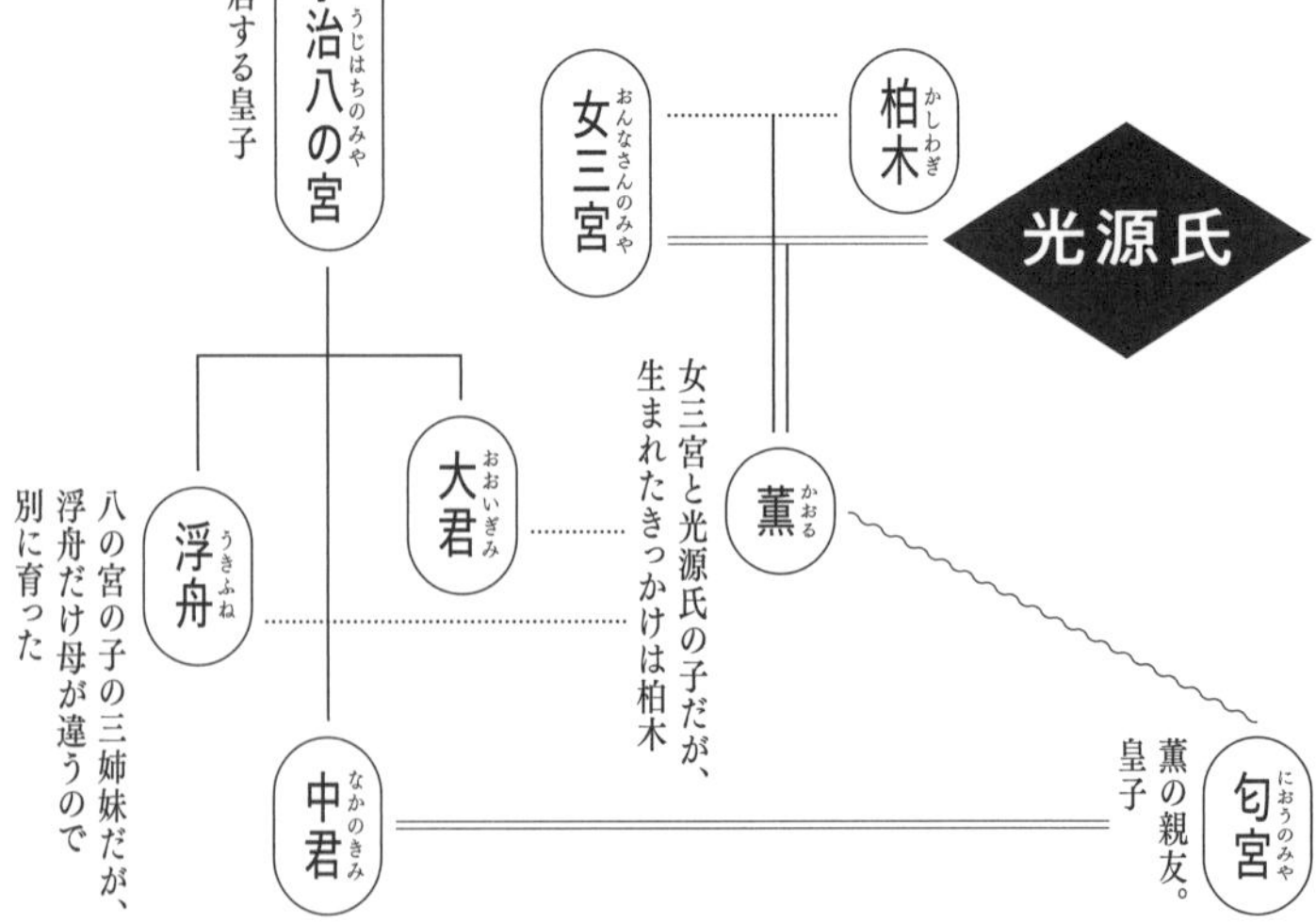
光源氏
柏木《かしわぎ》
女三宮《おんなさんのみや》
宇治八の宮《うじはちのみや》
隠居する皇子
薫《かおる》
女三宮と光源氏の子だが、生まれたきっかけは柏木
大君《おおいぎみ》
浮舟《うきふね》
八の宮の子の三姉妹だが、浮舟だけ母が違うので別に育った
中君《なかのきみ》
匂宮《におうのみや》
薫の親友。皇子

『源氏物語』帖名一覧

第一部

1 桐壺（きりつぼ）
2 帚木（ははきぎ）
3 空蟬（うつせみ）
4 夕顔（ゆうがお）
5 若紫（わかむらさき）
6 末摘花（すえつむはな）
7 紅葉賀（もみじのが）
8 花宴（はなのえん）
9 葵（あおい）
10 賢木（さかき）
11 花散里（はなちるさと）
12 須磨（すま）
13 明石（あかし）
14 澪標（みおつくし）
15 蓬生（よもぎう）
16 関屋（せきや）
17 絵合（えあわせ）
18 松風（まつかぜ）
19 薄雲（うすぐも）
20 朝顔（あさがお）
21 少女（おとめ）
22 玉鬘（たまかずら）
23 初音（はつね）
24 胡蝶（こちょう）
25 蛍（ほたる）
26 常夏（とこなつ）
27 篝火（かがりび）
28 野分（のわき）
29 行幸（みゆき）
30 藤袴（ふじばかま）
31 真木柱（まきばしら）
32 梅枝（うめがえ）
33 藤裏葉（ふじのうらば）

第二部

34 若菜（わかな） 上・下
35 柏木（かしわぎ）
36 横笛（よこぶえ）
37 鈴虫（すずむし）
38 夕霧（ゆうぎり）
39 御法（みのり）
40 幻（まぼろし）
〈41 雲隠（くもがくれ）〉
※本文は伝存しない。

第三部

42 匂宮（におうのみや）
43 紅梅（こうばい）
44 竹河（たけかわ）
45 橋姫（はしひめ）
46 椎本（しいがもと）
47 総角（あげまき）
48 早蕨（さわらび）
49 宿木（やどりぎ）
50 東屋（あずまや）
51 浮舟（うきふね）
52 蜻蛉（かげろう）
53 手習（てならい）
54 夢浮橋（ゆめのうきはし）

デザイン：田部井美奈

今、読みにくさをどうやって越えるか

まずは言葉の話をしたいと思います。

人間は言葉というものに永遠の生を感じます。死んでも大丈夫な気がしてきませんか？だって、言葉があればずっと生きているのと同じことなんですから。

言葉は時代や場所と共に生まれますが、一度生まれるとずっと残り、時代や場所を越えて遠くまで届きます。薄れたり忘れられたりすることはありますが、消えることはありません。『源氏物語』は、約千年前に制作されました。紫式部という人がひとりで書いたと言われています。原文は、その時代の、今の京都辺りの場所で使われていた言葉を使って綴《つづ》られていて、現代の読者である私たちが慣れ親しんでいる言葉遣いとはちょっと違うため、するりとは読めません。でも、それが言葉である限り、読み解くことは必ずできます。言葉があれば、それを発した者と受け取る者は、人間同士として共感できます。人気のある『源氏物語』ですから、研究者がたくさんいますし、現代語訳をしている人も、外国語に訳している人もいます。自分だけの力で読むのが難しい場合でも、媒介者を通して楽しむ方法がたくさんあります。そもそも読書というのはその作品のすべてを理解する行為のことではありません。ところどころのシーン、気に入った言葉、数ページ飛ばしで好きなところを掻《か》い摘《つま》んで楽しむだけのことだって、立派な読書なのです。

言葉は、ひとりの人間が作り出したものではありません。人間が社会を形成し始めたとき、ふわりと湧き出るように、みんなの中から自然発生したのです。その後も、誰かひとりがコントロールして育てたわけではなく、多くの人間がなんとなく使用し続けたことで発展しました。辞書に載っている「文法」というものがありますが、あれは後付けです。研究者が「こういうルールがあるというふうに考えると、この文章を読み解けるぞ」という方法を後から見つけただけであり、当時の人たちがルールを決めて喋っていたわけではないのです。言葉における「絶対的なルール」はありません。間違った言葉遣いなんてないのです。辞書には、使用経緯を研究した際に見つかった「法則的なもの」が載っているだけです。言葉は、みんなが自由に使って、どんどん研ぎ澄まされ、今も変化し続けています。研ぎ澄まされずに休んでいる時代はこれまでに一度もありませんでした。

『源氏物語』などの文学作品は、ひとりの作者が書いたものである場合がほとんどですが、そこで使われている言葉は作者の創作物ではないのです。芸術作品と聞くと、「作者の頭の中で、ゼロから生まれたものだ」と、つい考えそうになりますが、言葉はもとから社会に漂っていて、作者のコントロールが及ばないものなので、作品は時代や場所の影響を受けて生まれます。作中にある言葉は、その時代まで生きてきたたくさんの人間たちが関わって作り上げたものであり、また、作者の言語センスは作者の周りの家族や友人たちが研ぎ澄ませたものです。だから、文学作品を「個人がゼロから作り出した」と捉えるのは、厳密には、ちょっとおかしいです。その時代のその場所から生まれ、多くの人が関わって作り上げたのです。

きっと、『源氏物語』の一番良い読者は、平安時代の平安京辺りにいたことでしょう。作中にある言葉が日常の会話の中でどんな感じで使われるものなのか、その言葉が示す生活用品がどれくらいの重さなのか、身体感覚で作品理解ができたはずです。

千年後を生きる私たち読者は、そうはいきません。言葉の意味は理解できても、紫式部とは違う感覚でその言葉を楽しみます。「自分たちはこんなまだるっこしい会話はしないけれども、想像はできるなあ。本質は同じだ。人間は変わらないんだなあ」などと考えます。脇息《きょうそく》なんて使っていない現代の読者は、辞書を調べたり、インターネットで検索したりして、「こういうものを使っていたのか」と、頭で考えてその家具をイメージします。

ものすごく勉強していて、平安時代の生活習慣に関する知識や古語の知識が豊富で、当時の人たち以上にたっぷりとその時代に愛情を持っている現代の研究者でも、『源氏物語』をするりと楽しむことは、きっと難しいでしょう。研究者も、考え考え、ゆっくりと読んでいると思います。私たちは時代と場所と共に生きていて、そこから逃がれて読書をすることはできないのです。

私が昔通っていた大学は『源氏物語』の研究が盛んで、威厳のある雰囲気の教授たちが真面目くさった顔でこの恋愛物語を語っていました。私は大学生時代は日本文学を専攻していて、卒業論文は「『源氏物語』浮舟論《うきふね》」というタイトルで書いたくらい『源氏物語』にどっぷりだったので、『源氏物語』を語りたがる人たちをその大学で結構見かけました。私は読書が好きで、「いつか自分も小説を書きたい。そのための勉強になる」と思って、『源氏物語』を学んでいたのですが、だんだんと、「研究を頑張る」ことは、「読書を楽しむ」こととは別問題だと思うようになりました。「読書を楽しむ」に重きを置くとしたら、ちょっと違う方向にシフトした方が良さそうだったのです。

この教授たちは平安時代にいた少女のように『源氏物語』を楽しむことを目的として「読書」をしているわけではなくて、「研究」をしているのでした。もちろん、研究は大事な事柄ですし、世の中に必要な仕事です。でも、研究をしても自分は平安時代の少女のような読書はできないのだと気がつきました。

『更級日記《さらしな》』に『源氏物語』への愛を綴《つづ》った菅原孝標女《すがわらのたかすえのむすめ》は、研究者のような知識は持っていなかったでしょうし、作品を体系的に捉えてもいなかったでしょうが、とにもかくにも、作品を楽しめていました。この「楽しめる」という能力は、どんなに勉強しても得られないものなのです。言葉は、時代と場所と共にあります。そう、どんなに勉強しても、必死に研究しても、私たちは当時の人のように『源氏物語』の読書を楽しむことは決してできないのです。

大学には、変体仮名《へんたいがな》の授業もありました。ふにゃふにゃとつながった線でできた、ひらがながができあがる前の、あの変な文字です。『源氏物語』の制作時は、そのふにゃふにゃの線で書かれ、それを写し書きした人たちによって広まり、当時の少女たちはふにゃふにゃの線に夢中になりました。私は今ではその読み解き方を忘れてしまいましたが、学生時代はちょっと読み解けました。その作業は楽しかったです。ただ、これが読書の楽しさなのか、と考えると、やっぱり違う、と感じました。当時の人は、読み解いていたのではなく、身体感覚で言葉を味わって楽しんでいたと思います。

私は、あきらめました。現代の日本で生きることにしました。今の時代のこの場所で、読書をします。

現代を生きる私は、平安時代の読者に近づく努力をするよりも、現代人としての読書の楽しみ方を極める方向にシフトした方がいいんじゃないか、と思ったわけです。

私は、当時の読者には決してできなかった、「現代語訳を楽しむ」ということができます。また、英訳されたものに触れることもできます。今は、英訳されたものを日本語に翻訳し直したものも出版されています。平安時代の言葉と、現代の言葉を比べて面白がることもできます。せっかく、千年を超えた場所に私たちはいるのです。千年を超えたからこそできる読書を楽しむのも良さそうです。

平安時代に近づく、という行為ではなく、今だからこそできる、という行為をやってみよう、そういう読書を目指そう、と私は考えるようになりました。

次に、社会規範の話をしたいと思います。

現代において『源氏物語』を読むとき、壁になるのは実は言葉だけではありません。するりと受け取れない、「読みにくい」と感じられる要素が、もうひとつあるのです。

そう、それは社会規範です。

今は、多様性を重視する時代ですよね。

たとえば、性役割についての議論が盛んに行われています。ジェンダーバイアス（性別による役割分担に対する固定観念、性別への偏見による評価や扱いの差別）をなくす動きがあちらこちらに出ています。だから、『源氏物語』に触れたとき、性別によって生き方が規定されるストーリーに壁を感じ、読みにくさを覚えて投げ出したくなる現代人は多いと思います。『源氏物語』は昔の物語ですから、登場人物たちは今の社会規範とはまったく違うところで生きています。現代人の目線から見ると、「ひどい」と感じられる箇所がたくさんあります。

作中では普通の恋愛のように描かれていますが、現代のできごととして捉えるならば性暴力や誘拐と捉えられるような、現代小説だったら犯罪として描かれるはずのシーンがかなりあります。

マザコン、ロリコン、ルッキズム（容姿差別）、その性別ゆえに起こる貧困、不倫、誰かと顔が似ているというだけで愛されて人生を規定される、子どもを産まないことを「不幸」と規定される、親から子どもを取り上げて別の人に育てさせる……、現代のできごととして捉えるならば受け入れ難い描写がたくさんあります。

また、身分制度も酷《むご》いです。誰を親として育てられるかによって、その後にどのように扱われるかが決まり、社会における上下関係が定められます。どんなに努力を重ねても、その関係性は動くことがありません。

現代においては、「差別的な文章はちょっと読む気になれなくて……」といった思いから、『源氏物語』を避けてしまう方もいるのではないでしょうか？

言葉の壁の方は、たくさんの研究者や翻訳家などが、乗り越え方を模索してきました。現代語訳や外国語訳がたくさん出ている『源氏物語』です。

言葉の古さを越えられる現代語訳をしよう、という仕事が多くあります。

それに引き換え、社会規範の壁をどうするか、という仕事は、まだあまり行われていないようです。

「紫式部は、ヒロインたちに出家をさせたり、浮気をするパートナーに対して不満げな顔をさせたりすることで、性別による限界から解き放とうとしていた」といった、紫式部を進歩的な作家として捉えようとする意見を目にすることはありますが、私はこの考え方には限界があると考えています。

社会規範も、言葉と同じく、ひとりの人間が生み出したわけではありません。人間が社会を作り始めて、なんとなく社会規範ができあがりました。誰かひとりがコントロールしたのではなく、たくさんの人間たちが交わる中で社会規範は変化を続けました。その土壌から文学作品が生まれました。ものすごく進歩的な作家が、周囲の社会規範に関係なく、ポンとまったく新しい概念を打ち出す、ということはまずあり得ません。

私は、紫式部を現代作家と同じような存在と捉えて「進歩的な作家」と崇《あが》めることには反対です。

「平安時代の素晴らしい物語作家」「古い物語作家」と私は捉えています。平安時代にあった、古く差別的な社会規範の影響を強く受けながら物語を書き残したのです。無理に進歩的な作品だと捉える必要なんてありません。進歩的な作品ばかりを褒めることが、差別の解消につながるわけではないのです。書かれてあることを読み解き、未来に活かしていくことが読者の道です。昔に差別があったのは事実です。

どう読むかが、現代の読者の仕事です。私は、この仕事に挑戦してみたいと思います。

私の本名はナオコなんですが、ナオコーラというふざけたペンネームで活動しています。ジェンダー（性役割）に興味があって、そういったテーマの小説やエッセイをよく書いています。自分の性別は曖昧《あいまい》にしており、「なぜ人間はカテゴライズをしてしまうのか？」と考えることをライフワークにしています。そんな私でも、この先どんなに生きても自分がジェンダーから完全に自由になることはないだろう、という自己認識を持っています。私も、差別をしてしまいます。私は、自分が育った時代や場所から影響を受け、固定観念や差別感情を、どうしてもなくせないのです。新しい人に出会ったとき、私はその人の性別をどうしたって推し量ってしまいます。性別に関係なく他人を見ることがなかなかできません。染み付いた性別観は消えません。私は差別をしていますし、これからもします。ジェンダーバイアスを自分のセンスから完全に取り除くことは、死ぬまでできないでしょう。差別に関する問題への取り組みは、十歳年下、二十歳年下、三十歳年下の人には、かないません。ただ、三十歳年下の人だって、五十年後に生まれてくる人にはかなわないでしょうし、そこに引目を感じる必要はないとも思っています。後生《こうせい》を畏《おそ》れつつ、自分の時代のことは受け入れ、あきらめ、堂々と生きていきたいです。

だから、上の世代のことも、責めてはいけない、と考えています。五十歳上の方のお話を伺うとき、違いは感じます。千年の差と比べれば、五十年の差は大したことではないはずですが、社会規範はかなりの速さで変わるときもあります。ちょっと前の時代で良しとされていたことがぐるりと反転することもあります。上の世代の方が、自分の考えとびっくりする程違うものを持っていても、批判するのではなく、受け止めたいです。

どんな時代にも、素敵なところがあります。その時代を寿《ことほ》ぎたいです。ただ、その時代には、特有の社会規範があったということは認識しておいた方がいいと思うのです。差別や偏見のない時代はこれまでにありませんでした。そして、その土壌の中で文学は育まれました。

紫式部は悪人ではなかったはずです。でも、差別をしなかった人ではないと思います。作中に差別があります。けれども、紫式部は素晴らしい文学者です。

文学は、「善い行いを学ぼう」という学問ではありません。書いてあることをすべてそのまま肯定して、自分の成長につなげようというものでもありません。たとえば、「文学においては、恋愛といえば不倫」というくらい、古今東西に不倫小説がたくさんあります。しかし、不倫小説を賛美したからといって不倫を肯定することにはなりません。不倫小説を読むのは、不倫を勉強するためでも、不倫を研究するためでもありません。読書を楽しむためです。

文学で大事なことは、ページをめくること（巻物を広げること）だと思います。

「不倫が嫌いだから、不倫小説は読めない」というのは、もったいないかもしれません。

平安時代の読者は、ヒロインが無理やり連れ去られるシーンでも素直に受け取ってうっとりと耽溺し、ヒロインに対して、浮気されても許してかわいげを見せることを勧める光源氏に「そうだよね」と頷きながら読んだことでしょう。

でも、現代を生きる私たちは、連れ去られるヒロインを見て「これって、犯罪だよね?」と憤り、浮気を怒るヒロインの態度を諫《いさ》める光源氏に対し「怒って当たり前だろ!」とため息をついてページをめくります。平安時代の読者にはできなかったことです。現代ならではの楽しみ方です。

そういう意味では、社会規範にも永遠の生があるのかもしれません。その時代の社会規範を知ったとき、「人間は変わらないいな」と思うことはありませんか?　今とは違う差別が語られていて、憤りを覚えるくらいなのに、人間のどうしようもなさも感じて、読書が面白くなった、という体験はありませんか？

次章から、社会規範をひとつずつ取り上げ、「こんな読み方をしたら、面白い読書になるかもしれません。ちょっと違う読み方をしてみませんか？」といったご提案をしていきます。

読者のみなさまと一緒に、現代における『源氏物語』の読書について考えたいです。

ルッキズム

——

末摘花

容姿の良し悪しを切り口にして物語を作ることをどう思いますか？

『源氏物語』に容姿差別を表す具体的な差別語は出てきませんが、人を見た目で判断するシーンはものすごくたくさん出てきます。

まず、光源氏の容姿が、褒めちぎられます（なんたって、「光る君」ですからね。体が光っているというのです。「見た目からして、人よりすごい」という描き方なのです）。そして、ヒロインたちのほとんどが、「顔が美しい」と書き立てられます。

まるで、顔立ちが良いせいで恋愛事件が起こるかのごとくです。ご存知のように、恋愛に容姿は関係ありません。どんな顔の人だって、恋ができます。私たちは日常の中で、相手と細やかな関係を築きながら、心のひだひだで相手を受け止めて、恋を進めているはずです。

でも、顔というのは便利で、時間や距離を飛ばして恋愛の雰囲気を漂わせられます。だから、小説や映画やドラマなどでは登場人物のヴィジュアルを良くしてしまいがちです。「かっこいい人とかわいい人が出会ったよ」と書いたり映像にしたりすれば、簡単に「はい、恋愛が始まります」と話が理解されます。だから、作者はヴィジュアルに頼ってしまいがちなのです。だって、人間関係を丁寧に描くのは手間も時間もかかってしまいますからね。

顔の描写によって一発で恋愛感を漂わせる。『源氏物語』から綿々と続いている、恋愛をメディアに載せる技です。

現代では、顔立ちで人を判断することは無礼だとされるようになってきました。履歴書に写真を貼るのを止めよう、という動きもあります。見た目に関する噂話は倫理的にアウトだとする考えも広まってきました。職場や学校で他人の容姿を誹謗《ひぼう》中傷する会話を耳にすることは少なくなりました。外見に対する差別を「ルッキズム」と言います。現代人の多くがルッキズムをなくそうと動いています。

でも、千年前にはそういったマナーはありませんでした。『紫式部日記』や清少納言の『枕草子』などのエッセイでも、見た目に関する話題がよく出てきます。平安時代において容姿の話をすることはタブーではなかったようです。

あるいは、インターネットがない時代ですし、見た目のことで今ほどの大きな傷を付けられることがなかったのかもしれません。現代は、自分の顔を自分が知らないうちに勝手にインターネットに載せられて知らない人に見られる、誹謗中傷の書き込みをされる、SNSでのいじめを受ける、自分の顔をインターネットから消したいのに消せない、という大問題が起きていますが、平安時代の人々はこういう問題とは無縁でした。

しかも、平安時代では、高貴な人は他人にほとんど顔を見せません。御簾《みす》や几帳《きちょう》や屏風《びょうぶ》や扇子などで、ヒロインたちは顔を隠します。光源氏の顔も、直接見るのは側近などに限られていたようです。どうやら、「顔の悪口を言ってはいけない」というマナーはなかったけれども、「高貴な人の顔を見るのは失礼」という感覚はあったみたいです。ということは、やはり、当時の人たちも、ヴィジュアルの恐ろしい力、顔を知られることでときに怖い事件が起こることを、薄々知ってはいたのでしょうか？

悪口のマナーはまだ確立されていないけれども、ヴィジュアルのパワーは知られている。そんな時代というわけで、容姿に関する噂話が盛んでした。

噂話の出元は大概、その高貴な人に仕えている女房たちです。お姫様が良い人と結婚すれば、そのお姫様に仕えている自分たちの経済的な安定につながり、自分の未来も明るくなるわけですから、女房たちは大概、「うちのお姫様はきれいだ」と褒めそやし、その噂を外に広げようとします。

噂を耳にした人は興味をそそられて会いにいきます。

ストーリー上、そのお姫様が本当に美しい場合は、大抵なんらかの偶然が起こって、顔を垣間見ることができます。風だの猫だのの仕業で御簾がめくれ上がったり、たまたま庭に出ているところを生垣《いけがき》の外から覗いたりして、「ああ、噂通り、きれいだ」と恋が始まるわけです。ただ、電灯のない時代ですし、薄暗がりで恋愛を進めることだってできるわけです。夜に忍んで会いにいって、顔がわからないまま結婚まですることもあります。ヒロインがいわゆる「美人」ではない場合、こちらの路線で恋愛物語が進められるようです。

そう、今回は、末摘花《すえつむはな》の話をしたいと思っています。

末摘花は、『源氏物語』の中で唯一美しくないヒロインです。

容姿の悪さだけでキャラ立ちしています。

『源氏物語』の中の顔立ちの表現は、素晴らしい、美しい、といった、通り一遍の抽象的な褒め言葉がほとんどです。たくさんの人物が出てきて、光源氏や薫《かおる》たちの恋愛相手になりますが、そのほとんどが、素晴らしい美人です。

でも、末摘花だけがそうではなく、不美人です。しかも「どういう顔なのか」が書かれています。顔の下半分が長い、だとか、鼻が赤い、だとかと表現されています。他の美人なヒロインたちは、抽象的に美しさが書いてあるだけなのに、なぜか末摘花だけ具体的なのです。

ちなみに、末摘花は紅花《べにばな》の異名です。赤い花が咲きます。鼻が赤いことから、末摘花を絡めた歌を光源氏に詠まれてしまい、読者から末摘花と呼ばれることになったお姫様です。

若き光源氏は、悪友たちとの雑談の中で知った「上流階級よりも、ちょっと下の中流階級の方に美しい人がいる」という説を信奉するようになっています。そうして、「元々は高貴なのに、今は落ちぶれて困っている、美しいお姫様がいる」という噂を耳にして、「不遇な姫君」すなわち末摘花に興味を示します。友人且《か》つライバルである頭中将《とうのちゅうじょう》と競い合うように末摘花に接近します。暗がりの中でどんどん恋愛を進めます。ところが、恋が成就して、朝になり、明るい中で顔を見て、噂に反して「不美人」だった、とわかりました。

たくさんの美人が登場する『源氏物語』の中で、末摘花は異質です。けれども、物語の中では、かなり早い段階での登場になります。おそらく、「不美人のヒロイン」は紫式部が執筆の初期に思いついたアイデアだったのではないでしょうか？　巻の順番通りに執筆されたのではないとしても、五十四帖ある『源氏物語』の中の六巻目が「末摘花」なんです。光源氏の最愛のヒロイン紫の上と出会ってすぐあとにこの末摘花との恋愛事件が起こっており、紫の上とのエピソードにも絡んできます。

光源氏は、まだ子どもである紫の上と、人形遊びをしたり、お絵描きをしたりして遊んでいます。お絵描きをしながら、ふと末摘花のことを思い出して、描いていた人物画の鼻を赤く塗ります。光源氏は、これは変な顔だな、と思ったあと、今度は自分自身の鼻をふざけて赤く塗ります。

わが御影の鏡台にうつれるが、いときよらなるを見たまひて、手づからこのあかばなをかきつけにほはして見たまふに、かくよき顔だに、さてまじれらむは見苦しかるべかりけり。姫君見て、いみじく笑ひたまふ。「まろが、かくかたはになりなむ時、いかならむ」とのたまへば、「うたてこそあらめ」とて、さもや染みつかむと、あやふく思ひたまへり。空のごひをして、「さらにこそ白まね。用なきすさびわざなりや。内裏にいかにのたまはむとすらむ」と、いとまめやかにのたまふを、いといとほしとおぼして、寄りて、のごひたまへば、「平中がやうに色どり添へたまふな。赤からむはあへなむ」と戯れたまふさま、いとをかしき妹背と見えたまへり。

（新潮日本古典集成『源氏物語　一』より）

［ナオコーラ訳］

光源氏は、鏡台に映った自分の姿がとても美しいのを確認したあと、赤鼻にしたらどうなるんだろうか、と自分の手で鼻先に色を塗った。ふうむ、自分のような美しい顔だって真ん中に赤鼻があれば醜くなるのも当然だ。

紫の上は、光源氏のその顔を見て、けらけら笑う。

「僕が、こんな欠点のある顔になったとしたら、どう思う?」

と光源氏が尋ねると、

「嫌に決まってるよ」

そう言ったあと、このまま本当に鼻が赤く染まってしまったらどうしよう、と紫の上は心配そうな顔をした。

光源氏は拭き取るマネだけをして、

「あれ、ちっとも取れないなあ。つまんないいたずらをしちゃったよ。これじゃあ、帝に怒られてしまう」

真面目くさって言うので、紫の上はかわいそうになって近寄り、一所懸命に拭いてあげる。

「『平中物語』の平中が墨を顔に塗ってしまったときみたいに真っ黒にはしないでね。赤いのはまだ我慢できるんだけどさ」

なんて言う。こんなふうにふざけ合っているところは、お似合いの夫婦のようにも見えた。


ここは、若き源氏とあどけない紫の上がふざけ合う他愛のないシーンとして描かれています。(ちなみに、『平中物語』云々というのは、平安時代の恋愛の名手である平中が、目を水で濡らして嘘泣きをしては相手の気を引いていたところ、それを知った妻がこっそりその水に墨を入れておいたため、あるとき、平中がまた嘘泣きをしたら顔が真っ黒になってしまった……、というエピソードを引き合いに出して、「黒い鼻より、赤い鼻の方がマシだよ」と光源氏がおどけているのです)。

楽しそうな空気が滲《にじ》む描写です。

当時の読者は位《くらい》の高い人の方に気持ちを寄せて読むのでしょうから、光源氏に視点を合わせ、ほんわかしたやりとりを思い浮かべるだけで、楽しく読み進めたかもしれません。

でも、現代の読者は、「ネタ」にされてしまっている末摘花の方にも気持ちを寄せるでしょう。自分がいない場所で、自分の顔立ちをネタにして遊んでいる人たちがいることを、それも自分が信じ愛している人がそれをしていることを、末摘花はどう感じるでしょうか? 現代の読者は、赤い鼻を笑うことに抵抗を覚えずにはいられません。光源氏と紫の上が楽しいのはわかるけれども、末摘花の気持ちを忘れて、単に「楽しいシーン」として捉えることはできず、複雑な思いでページをめくることになります。

光源氏は十九歳、紫の上は十歳ちょっと、という年齢なので、考えが行き届かないのも、遊びをやり過ぎるのも、仕方ないのかもしれません。

でも、容姿をいじる、というのは、かなり悪どいことです。この世界には、様々な「人種」の人がいて、生まれつきの「障害」がある人もいて、あるいは、「病気」や「怪我」で容姿が変化する人もいます。自分が属する社会で「平均的」とされている容姿から外れる人を嘲笑するのは、人倫に悖《もと》ります。

鼻の赤さを人間の欠点として捉えるのは、現代では決して許されないことです。もしも現代小説においてこの表現を用いたら、校閲でチェックされて訂正を入れることになると思います。あるいは、そのまま掲載出版されてしまった場合は、「炎上」するでしょう。

けれども、……どうでしょうか？


このシーンを読んで、甘美な感情はまったく湧かなかったでしょうか？

正直なところを言います。私は、このシーンを読むと、甘い気持ちになります。いけない遊びをしている二人に、うっとりしてしまいます。

実は、私は自分の顔を「ブス」と嘲笑された経験を持っています。インターネットに自分の写真を勝手に貼られ、誹謗中傷の言葉を並べられて、ものすごく嫌な気持ちになったことがあります。だから、私は容姿の話が大嫌いなんです。それなのに……。美しい二人が「ブス」を愚弄して遊ぶシーンを、スイートに感じてしまいます。

どうも、これが人間というもののようです。モラルを逸脱している登場人物の話を読めないようには、人間はできていないのです。人間の嫌な部分を楽しめます。そして、その嫌な部分を知ってこそ、容姿差別に打ち勝てるような気もしてくるのです。

容姿にまつわる物語に蓋をするのではなく、人間に残酷な部分があることを認識してこそ、この冷たい世界を生きていく活力が湧いてきます。

平安時代の読者のように、素直にはこのシーンを読めません。現代の読者は、複雑な思いを抱かずには読書ができません。でも、この複雑な読書は、豊かです。

その後、末摘花は一時、光源氏に忘れられてしまい、さらに貧しく、落ちぶれます。けれども、最後には光源氏は末摘花を思い出し、妻のひとりとして二条東院に迎えます。

だから、これまでの時代では、末摘花を「幸せ」と定義する読書がなされがちだったようです。

でも、容姿差別をなくす動きが盛んな現代の読書においては、末摘花を「幸せ」と捉えるのはなかなか難しいです。

「位が高くなくても、かっこ良くなくてもいい。末摘花を哀れんで金をくれる光源氏なんかではなく、貧しくてもいいから、本当に末摘花を理解し、赤い鼻を愛してくれる人と出会って欲しかった。『容姿が悪いのに面倒を見てもらえて幸せだった』なんてことで満足はできない。末摘花が、ちゃんと愛してもらえる結末が欲しかった」と私は思ってしまいます。

ただ、そう思いながらページを閉じる読書もまた、面白いのです。

ロリコン
―― 紫の上

光源氏が幼い紫の上を自分の家に引き取って自分好みに育て上げた……、というエピソードは、『源氏物語』に関心のない人たちにも広く知られています。日本人は長い間、噂話や雑談の中で、または小説や漫画作品の設定で、「光源氏が紫の上を育てたみたいにさ……」と喩《たと》えてきました。

アニメやゲームやアイドルの文化が盛んな現代日本では、さらにどんどん「ロリコン文化」が花開いています。

プロデューサーが少女アイドルをプロデュースしたり、プレイヤーがゲームの中の少女を育成したりといったことを、面白いものとして多くの人が受け入れています。

東京の街を歩いていると、「少女は尊い」「少女を応援しよう」といった雰囲気の価値観にあちらこちらで出会います。それらは、決して悪意から生まれたものではないし、面白さやファッション性が発展していて、良い面もあります。

でも、忘れてはならないのが、「少女は、子どもである」ということです。社会は、子どもの権利を守り、慈しみ、教育の機会を与えなければなりません。

「ロリコン」という言葉に正確な定義はないですが、「子どもを恋愛対象として見ること」を指しての使用が多いようです。子どもの年齢にも絶対的なルールはありませんが、十八歳以下を相手としている場合によく「ロリコン」が使われています。

ちなみに、「ロリコン」はロリータ・コンプレックスの略で、ウラジーミル・ナボコフが一九五五年に発表した小説『ロリータ』に由来します。『ロリータ』は言葉遊びが楽しく、滋味深い現代文学ですが、「十二歳の子どもを三十代の大人が車に乗せて連れ回す」というのがメインのシーンであり、反社会的ストーリーです。ただ、この作品のヒロイン、「ロリータ」という愛称で呼ばれる十二歳のドローレス・ヘイズは、大人であるハンバート・ハンバートを断固拒否し、結果的には逃げて、他の恋人を見つけるところまでは行けます。

紫の上は、ロリータよりも幼いです。そして、光源氏の理想通りに成長し、光源氏の希望通りに妻になります。比べても仕方がないですが、『源氏物語』におけるヒロインの傷は、『ロリータ』のヒロイン以上に深い感じがします。

光源氏と紫の上が出会う「若紫」の巻で、光源氏は十八歳、紫の上ははっきりしませんが十歳ほどのようです。八歳という年齢差はまったく問題ありません。たとえば、三十六歳と二十八歳だったら、気にならないですよね。

つまり、年齢差はどうでもよく、相手が子どもということが大問題なのです。子どもに対して、「美少女だ」「これからもっときれいになるぞ」「性的魅力を持つ女性に成長できるよう、応援してあげるね」と声をかけるのは、たとえ善意からでも、恐ろしいことなのです。十歳の子どもに対して性的魅力の物差しを振りかざせば、その子の存在をどんどん軽くし、精神衛生を汚し、人生をねじ曲げてしまいます。自己決定をするための勉強、発言を自由にできるようにするための環境作り、といったものができず、性的に魅力を持つための訓練のみを受けるのであれば、その後の人生は闇に包まれます。

ともあれ、光源氏は紫の上に出会います。

若い光源氏は、継母《ままはは》である藤壺《ふじつぼ》を一番に慕いながらも、友人たちからの影響を受けて青春時代の恋の冒険に出ます。夕顔との束の間の恋愛を楽しみ、その夕顔があっけなく死んでしまって悲嘆に暮れ、自身も病に罹《かか》ります。病を癒やすために山寺を訪れたところ、その庭で遊ぶ子どもを垣根越しに見て、驚愕します。そう、その子どもこそ、藤壺に顔がそっくりな、紫の上です。のちに、光源氏の生涯のパートナーとなります。

このシーンは、最も有名なのではないでしょうか？　『源氏物語』における最大の物語、「紫の上の物語」が幕を開けます。

「雀の子を犬君が逃しつる。伏籠のうちに籠めたりつるものを」とて、いとくちをしと思へり。このゐたる大人、「例の心なしの、かかるわざをしてさいなまるるこそ、いと心づきなけれ。いづかたへかまかりぬる。いとをかしうやうやうなりつるものを。烏などもこそ見つくれ」とて、立ちて行く。髪ゆるるかにいと長く、めやすき人なめり。小納言の乳母とぞ人言ふめるは、この子の後見なるべし。尼君、「いで、あなをさなや。いふかひなうものしたまふかな。おのがかく今日明日におぼゆる命をば、何ともおぼしたらで、雀したひたまふほどよ。罪得ることぞと、常に聞こゆるを、心憂く」とて、「此方や」と言へば、ついゐたり。つらつきいとらうたげにて、眉のわたりうちけぶり、いはけなくかいやりたる額つき、髪ざし、いみじううつくし。ねびゆかむさまゆかしき人かなと、目とまりたまふ。さるは、限りなう心を尽くしきこゆる人に、いとよう似たてまつれるが、まもらるるなりけり、と思ふにも涙ぞ落つる。

（新潮日本古典集成『源氏物語　一』より）

［ナオコーラ訳］

「スズメの子を、犬君《いぬき》が逃しちゃったんだよー。私が伏せ籠に入れておいたのにさ」

子どもはいかにも残念そうな表情を浮かべている。

「犬君かあ。あの困ったちゃんは、またこんなことをして、良くないねえ。さあ、スズメの子はどこに行っちゃったんだろう。かわいらしく育ってきたところだったのに。カラスに目を付けられたら大変じゃないか」

髪がゆったりととても長く、清々しい見た目の人だ。「小納言の乳母《うば》」と周囲から呼ばれているので、この子どものお守り役なのだろう。

そこへ尼君がやってきた。こちらは子どもの祖母だろうか。

「まあ、いつまでも赤ちゃんみたいなことを言ってるねえ。聞き分けのないこと。私は病気で今日明日もわからない命なのに、あなたはなんとも思わないでスズメを追いかけているなんて。『早くしっかりしてね』といつも言っているのに一向に幼くて、心配でたまらない」

と言いながら、「こっちへおいで」と手招きした。

子どもは尼君の側へ寄り、ひざまずく。頬がぷっくりといたいけで、眉毛のあたりはほんのりと美しい。子どもっぽく前髪を掻き上げたおでこ、生え際、とてつもなくかわいらしい。

これから大人になっていくのが楽しみな人だなあ、と光源氏はじっと見つめる。ふいに、「ああ、僕が限りなく憧れている藤壺にこの子どもはとても似ている……、だから……、目が離せないのだ」と気がつく。

涙が落ちてきた。

平安時代の恋愛物語は、「垣間見《かいまみ》」から始まることが多いです。性別が違う者同士が直接に挨拶を交わす機会は少ないので、一方的にこっそりと見て、「好きだー」となり、手紙を送ったり、夜に忍び込んだり、といった行動を起こします。

このシーンは、相手は子どもですが、「垣間見」ですから、恋愛描写として読むことになります。子どもに対して「かわいいね」という視線を投げる程度のことは、現代でもありますし、違和感はありません。でも、性的魅力のあるなしの評価を投げるとなると多くの現代人が「あれ？」と感じるでしょう。しかも、ここでは、「好きな人と顔が似ている」という目で子どもを見ています。

「ねびゆかむさまゆかしき人（大人になるのが楽しみな人）」というセリフも、性的魅力を持つようになるのが楽しみ、とも読み取れます。現時点での性的評価ではなく大人になったときの予想像なのでまだましかもしれませんが、それでも、「この子どもが大人になったら、好きな人の代わりになるかも」と考えるのって……、ううむ、どうなのでしょう。人間を人形みたいに見ているとも感じられます。

子どもを見たときに、「想定外の成長をするかもしれない」「とはいえ、早く大人になろうとせず、子ども時代を楽しんで欲しい」といった辺りの視線を投げるのが現代を生きる人の一般的な感覚ではないでしょうか？　やはり、ここは、「平安時代ならではの、性差別を含んだ視線」ということになると思います。

ついでに、祖母が「早くしっかりしてね」といった視線をしきりに投げるところにもちょっと引っ掛かりを覚えます。分別を持って欲しい、ということだとは思います。ただ、現代とは違い、子どもの期間をゆっくり過ごせない時代なのだろう、と推測できます。

この時代、この性別を持つ人は誰かに見初《みそ》められてやっと経済的に安定するので、親や親族の年長者が少女に対して「性的な成熟」を早期に求めることがよくありました。子ども本人の経済安定だけでなく、家の発展につながることもあるため、少女を大人と見なすことは盛んに行われました。

この祖母は、このシーンのあとの光源氏からの「引き取りたい」という申し出を、まだ妻になるような年齢ではない、と最初は断っているので、「性的な成熟」を早期に求めているわけではないでしょう。でも、父親や夫がいない環境下の少女は生きていくのが難しい、という考えがあって、将来の心配が拭えないのだと思われます。

その後、結局のところ、紫の上は光源氏に育てられ、十四歳ぐらいのときに性行為を強要されて結婚します。十四歳は子どもですね。

「女の子は、男の子よりもしっかりしている」「女の子は頭がいい」「女の子の成長は早い」「十歳でも、小さなお母さんみたいだ」といったセリフは、現代でもよく聞きます。褒め言葉として使われているみたいです。少女を大人と同じように扱ったり、大人と対等に会話ができる存在として接したりもされます。

こういったセリフや扱い方を、「尊敬し、敬っているので、『女性蔑視《べっし》』ではない」「下に見ているのではなく、上に見ているので、差別ではない」と、差別とは気がつかずにいる人もいるのではないでしょうか。

でも、たとえ上に見ていても、「人間」「子ども」として尊重しないのは、差別なのです。

昔は、生理や結婚をきっかけに少女を大人として捉えることがされがちでしたが、射精で大人扱いが始まる文化はあまりありませんでした。

経験のある方に質問してみたいのですが、射精をしたときに大人の自覚も一緒に湧きましたか？　おそらく、「性欲のある子ども」になっただけで、分別はまだなく、大人になりはしなかったのではないでしょうか？　子どもにも性欲があります。性別に関わらず、子どもにももちろん性欲が湧くのです。そうなっても、まだまだ子どもなのです。精神的にも肉体的にも、大人とは違う存在です。

生理も同じです。生理が始まっても子どもです。

世界にはまだ児童婚があります。「生理が始まったら、結婚ができる」という誤認識は根強く残っています。教育を受ける権利を逸し、未発達な状態で妊娠をして命を失う子どもがいます。

「子ども」という概念は、十八世紀にフランスで生まれました。それまでは、「小さな大人」として扱われ、経済の道具として搾取される存在でした。一七六二年にジャン＝ジャック・ルソーによって『エミール』が書かれた辺りから、大人とは違う特別な時間を生きている存在として尊重されるようになりましたが、貧しさゆえに親や国が児童労働や児童婚を強いてしまうことはなくならず、特に少女を「子ども」として尊重する考えは今でもなかなか浸透していません。日本においても、「生理が始まったら大人」という感覚は、まだ少し残っているような気がします。

今、世界的に性交同意年齢（同意能力があると見なされる年齢）が引き上げられていて、アメリカでは十六歳から十八歳（州によって異なります）、イギリス、カナダ、韓国では十六歳、フランス、スウェーデンでは十五歳、となってきているようです。日本でも二〇二〇年から法務省において刑法の性犯罪規定に関する見直し論議があったものの、本書を出版する現時点ではまだ、性交同意年齢は十三歳のまま引き上げていません（ただ、二〇二二年に、加害者との年齢差が五歳以上離れた場合などに限って十六歳とする試案を示しています）。

たとえ生理が始まっても、「誰に心を開いて良いか判断する」「嫌なことを『嫌だ』と伝える」「性行為とはなんなのかをきちんと理解する」といったことは、子どもには難しいです。

「ロリコン」は、子どもの人権を傷つける文化なので、薄氷《はくひょう》を履《ふ》む思いで読むのが良さそうです。

ちなみに、現代でも、光源氏側だけの心の世界に浸って読む人が、「子どもだから好きになったわけではなく、紫の上だから好きになったんだ」「大人である藤壺の影を見ているので、子どもを愛しているわけではない」といった理由から、「光源氏は『ロリコン』ではない」と主張をすることがあるようです。でも、加害者がどういう心持ちだろうが、被害者である子どもが恋愛の視線を投げられ、性行為を強いられたわけなので、ここは「ロリコン」という読みが適当だと私は思います。

マザコン——桐壺更衣と藤壺

光源氏の二人の親のうちのひとりは、桐壺更衣《きりつぼのこうい》という人でした（ちなみに、もうひとりは桐壺帝、つまり天皇です）。

更衣《こうい》というのは、天皇の着替えを手伝う役職で、後宮《こうきゅう》にいる后妃《こうひ》の中でも身分が低い者とされていました（ただ、紫式部の執筆時に、すでに更衣という役職は宮中から消えていたようです。時代設定は作中に明確には記されていませんが、役職名などから、執筆時よりも五十年か百年前ぐらいを想定して制作されたものだと推測できます。紫式部にとっても、更衣というのは「昔あった役職」だったのですね）。

ともかくも、人類は長い間、多くの国で、血縁関係の中だけで統治者を継いでいく社会を作っており、「統治者がたくさんの人と交わって子孫を繁栄させたら国が安定する」という考えが広まっていました。そして、「たくさんの人がいるのなら、序列を作った方が人間関係が安定する」とも思われていたんですね。平安時代の日本でもそうでした。

そんなわけで、平安時代の天皇は世継ぎを作ることも大事な仕事とされていました。後宮に何人もの妻っぽい人がいて、その人たちは父親の身分によって順位づけされていました。后妃たちは家を背負って後宮に来ているので、天皇とのつき合いは、恋愛でもあるけれど、政治でもありました。

だから、桐壺帝が、身分の低い桐壺更衣を一番に愛したこと、桐壺帝と桐壺更衣の間から光源氏が生まれたことは、多くの人の悩みの種になりました。身分が高いとされている后妃たちが、「自分の方が愛されるべきなのに、なぜ?」と悲しくなってしまったのです。そうして、桐壺更衣は多くの人の悪意を身に受け、早くに亡くなってしまいます。

光源氏は自分の母親の顔も性格も才能もなんにも覚えていません。ただ、父親である桐壺帝や、周囲の人たちは、よく覚えています。そんなわけで、「あなたのお母様はきれいだったんですよ」と教え込まれて育ちます。

桐壺帝は頭の中の「きれいな桐壺更衣」を想い続けるわけですが、天皇に仕える女官である典侍《ないしのすけ》から「桐壺更衣に顔が似ている人がいますよ」と聞くと、その人を探し出し、再婚します。その再婚相手である藤壺《ふじつぼ》は、先代の天皇を父親に持つ人だったので身分が高く、周囲も納得です。ただ、そのとき、藤壺は十四歳でした。「少女婚」ですし、「ロリコン」ですし、現代の感覚においては、まあ、問題を感じますよね。

でも、とにかく桐壺帝と藤壺は結婚し、藤壺は光源氏にとっての「義母」のような存在になります。このとき、光源氏は八歳か九歳くらいのようです。後宮には他にもたくさん人がいるので、「義母」のような人はいっぱいいるわけですが、藤壺は格段に若くて自分の年齢に近く、また、「この人は母親に似ているよ」と周囲から聞かされるので、光源氏は藤壺を特別な人だと感じ、仲良くなりたいと願いました。

現代にもステップファミリー（血縁のない親子関係を含んだ家族）はたくさんあります。素敵な家族がいっぱいいます。ただ、子どもの年齢にもよりますが、関係を築くのが大変なこともあるようです。もちろん、うまくいく人たちがほとんどでしょう。けれども、残念なことに良好な関係を築けず、児童虐待、性的虐待が起こってしまった、というケースが少なからずあるようです。そのため、現代では、「親のパートナーであって、子の親代わりではない。ただ身近な大人として、子どもとの関係に責任を持とう」という方向で子どもと向かい合う人もいるみたいです。

でも、桐壺帝の考えは違います。「あなたは、光源氏のお母さんに似ている。お母さん代わりになって、かわいがってあげて」と十四歳の藤壺に言っています。

母御息所も、影だにおぼえたまはぬを、いとよう似たまへりと、典侍の聞こえけるを、若き御ここちにいとあはれと思ひきこえたまひて、常に参らまほしく、なづさひ見たてまつらばやとおぼえたまふ。上も限りなき御思ひどちにて、「な疎みたまひそ。あやしくよそへきこえつべきここちなむする。なめしとおぼさで、らうたくしたまへ。つらつき、まみなどは、いとよう似たりしゆゑ、かよひて見えたまふも、似げなからずなむ」など聞こえつけたまへれば、をさなごこちにも、はかなき花紅葉につけても心ざしを見えたてまつる。

（新潮日本古典集成『源氏物語　一』より）

［ナオコーラ訳］

光源氏は母親の顔立ちを記憶していないが、

「藤壺様は、お母様にとてもよく似ていらっしゃいますよ」

と典侍が言うので、なんだかとても懐かしいような気がしてきた。光源氏は、「いつも藤壺様の側にいたい」と願い、「仲良くなってずっと顔を見ていたい」と思うようになった。

桐壺帝にとって、藤壺と光源氏は二人とものすごく愛おしい存在だから、

「藤壺ちゃん、光源氏を疎んじないであげてくださいね。なぜか、あなたを光源氏の親に見立ててもいいような気持ちになるんですよ。無礼だなんて思わずに、光源氏をかわいがってあげてください。顔立ちや目元など、光源氏と桐壺更衣はとても似ていたから、光源氏と藤壺ちゃんも子と母のようで、お似合いに見えますすよ」

なんてことを藤壺に頼む。

そうして光源氏は、まだ幼いとはいえ、世の大人のラブレターのように、なんでもない春の花や秋の紅葉につけて「藤壺様をお慕いしている」という心のほどを藤壺に伝えようとする。


このシーン、光源氏や桐壺帝の視点からすると微笑ましく、親子愛のような、初恋のような、少年の甘酸っぱい想いが描かれていて、キュンとしながら読める気もするのですが、十四歳の藤壺の視点に寄り添ってみると、酷だな、とも感じられます。

そもそも、桐壺帝は、結婚の前、藤壺の母親が「桐壺更衣がいじめに遭って苦しんだ場所に娘を行かせるなんて……」と尻込みしていると、「自分の娘たちと同じように遇しますよ」と説得して入内を進めたのです。つまり、藤壺と桐壺帝は娘と父親のような関係でもあるということですよね(どうも複雑ですが……)。

そんな十四歳の少女に、「母親役」のイメージも押し付けちゃうっていうのは、どうなんでしょうか?

もちろん、桐壺帝に悪気はありません。桐壺帝は、やさしい人なんです。

ただ、差別の加害者って、その多くが、善意の人なんです。

「その性別なのだから、たとえ年齢的には子どもでも、『母親役』を与えて構わない」と、つい思ってしまう。

性別が同じなら、役割交代ができる。顔が似ているなら、入れ替わることができる。個人として人間を認識できず、属性だけで人間を見てしまうのです。それはやっぱり、差別ということなんじゃないかな、と思います。

ここに、「マザコン」の問題が出てきます。

親を慕うことや尊敬することに、なんの問題もないはずです。

親がしてくれたことに感謝したり、親の行動を目標にしたりは美しいです。あるいは、会ったことのない親、薄い記憶しか残っていない親の姿をまぶたの裏に浮かべ、理想の人物として追い求めながら生きるのもまた素晴らしいでしょう。

それなのに、「マザコン」という言葉を聞くと良いイメージが湧かない、という人は多いのではないでしょうか？

「マザコン」は、母親好きをさして使われがちな言葉です。「マザーコンプレックス」の略で、和製英語です。

親を慕うのは悪いことではないのに、なぜ良いイメージがないのか？

日本には「親ではない異性に対しても『母親役』を求める」という雰囲気が、「マザコン」

という言葉の周りに漂っているからではないでしょうか。

配偶者と親を同じカテゴリーに入れ、比較し、「君と違って、僕のお母さんは手の込んだ料理を作ってくれたよ」なんて言っているシーンって、ゾッとしますね。「あ、この人マザコンなのかな？　嫌だな」と思ってしまいます。これが、世間でよくある「マザコン」という言葉の使われ方ですよね。「同性だからって、母親役を押し付けるな」という憤りがあるので、「マザコン」って受け入れ難いんです。でも、もし、親と配偶者を関係のない個人として分けて見ていて、「僕は母親を尊敬しているよ。でも、君は母親とはまったく別の存在なんだ」という話を聞いたならば、むしろ「親を大切にしているこの人に、好感が湧くなあ」と受け止める人は結構いるんじゃないかな、と想像します。


また、親を思う気持ちと性的な衝動を混同することに抵抗を覚える人もいると思います。親にも性別があることが多いですが、性別で親を見ることは子どもをハッピーにしません。

子どもの方から線を引くのは難しいですから、親が線を引かなくてはいけません。アメリカなどでは子どもと一緒に入浴しないと聞きます。親の裸を見せることは性的虐待になるそうです。

もちろん、アメリカがスタンダードというわけではないし、日本には日本のやり方がありま す。でも、子どものプライバシーに踏み込むこと、子どもに性的な刺激を不必要に与えることは、成長に悪影響でしょうから、控えないといけませんね。別に他国を真似しなくてもいいですが、日本の育児をしながらも、ちゃんと子どもを尊重する意識を持たなくては。私自身、今は幼児の育児中でして、ちょっと悩んでいます。子どもの体に必要以上に触ってはいけませんが、まだ自分で体を洗えませんし……。

最近は、三歳くらいから始める性教育も広がっているようです。それは性のしくみを教えるところからではなく、性犯罪の加害者や被害者にならないようにする指導から始まります。「体のプライベートゾーン（水着で隠れるところ）は、人に見せたり触らせてはいけないし、人のを見ても触ってもいけないんだよ」というのを教えます。だから、親の私も、子どものプライベートゾーンを見たり触ったりするのは、必要最低限にとどめようと思います。

親として育児をするようにして、性的な存在としては育児をしません。性的な関わりは持たないようにするわけですね。

また、今は恋愛をしない人も増えてきていますが、もしも将来パートナーを持つ場合、パートナー選びに親が関わってはいけない、と弁《わきま》えることも大事ですね。これも現代ならではで、昔は違いました。

『源氏物語』は古代の物語ですから、やはり、この辺りの線引きが曖昧《あいまい》なんですね。

桐壺帝が線を引かなかったから、光源氏は母への想いと恋愛を混同します。「母に似ているから、藤壺様が好き」。その後、十二歳で元服《げんぷく》すると、公に異性と交流することができなくなるので、光源氏は藤壺と簡単には会えなくなってしまいます。禁断の恋となって、頭の中でヒートアップします。その後、藤壺と一度だけ想いを通わせ、子どもをもうけるというドラマティックなことが起こりますが、藤壺が出家をして恋愛の可能性がゼロになると、「藤壺本人を求めるのではなく、藤壺に似ている人を求める」という謎の方向にシフトします。

『源氏物語』は恋の冒険譚なわけですが、光源氏はただのプレイボーイではありません。モテることを楽しんでいる人物ではなく、あくまで、頭の中にある「理想の異性」のみをじっと見つめていて、たくさんの人と交わりながらも、たったひとりの影を求めるまっすぐな道を進んでいます。筋が通っています。だから、読者は光源氏に惹かれます。

でも、その「理想の異性」というのが、母親につながっているんですよね。

こういう「母恋い」の物語は、古今東西の文学に連綿と受け継がれていて、谷崎潤一郎の『吉野葛』『少将滋幹の母』などの短編小説は、「母恋い」の大傑作で、私は大好きです。ただ、やっぱり、気持ち悪いです。物語としてのうっとり感はすごいのですが、相手は幸せではないんじゃないか、誰かしらが傷ついているんじゃないか、とは思います。

世界には古くから、頭の中の理想を向いて恋をすることが行われてきました。「アニマ」「アニムス」という言葉があります。人間は理想の恋の相手を頭の中に持っている、という考え方です。私も昔は、「恋というのは自分の頭の中にある異性像を追いかけることなんじゃないか」と思っていました。でも、今では、「異性間でのみ恋が起こる」と考えてはいけないと気がつきましたし、「好みの形があるのではない。目の前の人の形に心がくっ付く」と思うようにもなりました。目の前の個人に向き合わなければいけません。

ただ、『源氏物語』が面白いのは、「人間の目には、どうしたって、他人という存在が一塊《ひとかたまり》に感じられる。個人ではなくてグループに見える。入れ替わり可能な存在に見えてしまう。いけないことだとわかっていても、誰かと誰かを混同してしまう」ということがうまく描かれているからなのかもしれません。

光源氏が母親像を求めるのは幸せなことではないし、やっぱり気持ち悪いのだけれども、「人間の変な見え方」の描写が、ものすごく面白いのです。

ホモソーシャル——雨夜の品定め

「雨夜の品定め」と呼ばれる、有名なシーンがあります。

光源氏がまだ十七歳だった夏の夜のことです。雨が降りしきる中、光源氏の家に、頭中将《とうのちゅうじょう》、左馬頭《さまのかみ》、藤式部丞《とうしきぶのじょう》といった同年代の友人たちが遊びにきます。まず、光源氏の一番の親友である頭中将が、隠しているラブレターがあるんじゃないのか？　といった具合に光源氏をからかいます。恋愛談義が始まり、そこに左馬頭、藤式部丞も加わりました。それぞれ経験豊富であるらしく、笑いを交えて恋愛エピソードを語ります。光源氏は澄まして聞き役に回っていますが、興味津々のようです。

「理想の恋愛相手って、こんな人だよ」

「変な人を恋愛相手にすると、苦労しちゃうんだよなあ」

といった雑談です。

現代においても、高校や大学の放課後に、似たような会話が、教室や友人宅で交わされているのかもしれません。

この長い雑談は、『源氏物語』二つ目の巻「帚木《ははきぎ》」の中にあります。最初の巻の「桐壺」では光源氏はまだ子どもで、継母《ままはは》の藤壺《ふじつぼ》を純粋に慕っているだけでした。「帚木」から青春時代に入り、色好みという光源氏の性格が少しずつ表現されるようになります。ですから、「雨夜の品定め」の雑談は、光源氏の恋の冒険が始まることを知らせるベルのように鳴り響きます。

このシーンを俗に「雨夜の品定め」と呼ぶのですが、これは「夕顔」の巻にある、「ありし雨夜の品定の後、いぶかしく思ほしなるしなじなあるに」という文章から取られたようです。

現代の読者がまず引っ掛かるのは、「品定め」という言葉ではないでしょうか？「人間を商品のように扱ってはいけない」というのは今の時代ではよく言われることです。人間に点数のようなものをつける、それも性的な評価を与えるというのは、やってはいけないこと、いわゆる「悪いこと」とされていますよね。

とはいえ、現代の恋愛談義にも、そういった「性的な評価」をネタにする会話は紛れ込んでいます。それが「悪いこと」だというのは、聞いている人も、喋っている人も、意識していることが多いです。特に若い人は偽悪的になりがちですから、青春時代の会話ではしばしば行われています。おそらく、ちょっと悪いことをして、仲間意識を持とうとしているのでしょう。

最近では、「ホモソーシャル」という言葉をちらほら聞くようになりました。『大辞林』という辞書で引いてみると、「ホモソーシャル」という項目はなかったのですが、「ホモソーシャリティー」はあり、「恋愛や性愛を伴わない、同性どうし（多くは男性）による人間関係。体育会系や軍隊の人間関係など。同性愛者や異性を排除しつつ、異性愛を志向する傾向がある。

ホモソーシャル。」とあります。

仕事仲間、趣味のグループなどで、同性だけで集まり、結びつきを強固にしようとするときがあるかと思います。社会的な動物である人間は、恋人だけでなく、いろいろな友人、同僚、学校や会社の先輩後輩、先生と生徒などと、様々な関係を上手に築いていきたいものですよね。相手と自分の性別が同じときに、「同じような恋愛してるよね?」「似たような結婚観だよね?」「こういう異性は嫌いだよね?」といった会話で仲良くなろうとしてしまうこともあるかもしれません。異性愛に関する会話を同性の同僚や友人に強制してしまったり、異性を軽く扱うことで同性同士の絆を深めようとしてしまったりということも起きてしまいます。実際には、同性愛者の人もいますし、恋愛に興味がない人もいますし、異性を尊重したい人もいるわけですが、仲間内で盛り上がるために、その場にいる全員が同じ趣味嗜好を持っていると決めつけて盛り上がったり、仲間ではない人を蔑視《べっし》することを前提に会話が進められたりします。

もう二十年も前のことですが、大学時代、私と同じサークルの後輩三人が、部室のある三階のベランダから一階の渡り廊下を見下ろして、そこを通る人(後輩たちにとって異性に当たる人のみ)の顔を眺めながら、「六十点」「九十点」「七十点」と点数を言っては笑い合っていました。相手には聞こえない声で、揶揄《やゆ》していたわけです。「お前、ああいう子をかわいいって思うのかよ」とか、「趣味悪いな」とか、こづき合っていました。私はその会話をちょっと離れたところで聞いていていました。

今となっては、そのときに、「そんな失礼なこと、やめな」と止めに入るべきだった、と後悔しています。でも、私も不出来な人間で、当時は「この会話を自分が止められる」と思いつきませんでした。「もし私の顔も点数をつけられるとしたら三十点ぐらいだろうけれども、仲が良いから言われないんだなあ。でも、遠い関係の人からは『三十点』などと言われているのかもしれないなあ」といった、自分中心の考えごとをぼんやりしただけでした。

三人のあの会話は、邪悪だったと思います。低評価は口にしていませんでしたが、たとえ高評価でも、他人に点数をつけるなんて失礼です。言っている後輩たちも「悪いことをしている」という意識を持っているように見えました。偽悪的になって、「悪いことを言い合って、同性同士の仲を深めようぜ」というノリだったのに違いありません。ただ、やったことは罪深くとも、本人たちが悪人かというと、まあ、そうではなく、普通の若者で、善人なのです。私はその後輩三人と仲が良く、今でも好感を持っています。私の立場からは、行為は憎みたくなっても、後輩たちに対して悪感情は湧きません。

それと同じように、光源氏、頭中将、左馬頭、藤式部丞にも、私は悪感情を抱きません。若い人たちの会話であり、批判はしたけれども、読めないとまでは感じません。

さて、「雨夜の品定め」における恋愛談義は、結論が出ます。

「結局のところ、恋愛相手は、中流の人がいいよね」となるのです。平安時代には身分制度がありますから、上流、中流、下流と人間をランク付けして考えるわけです。

上流の人は、周囲の人たちによってちやほやされますから、噂話の中で実際の人物以上になりがちです。お姫様というのは女房たち（使用人たち）に世話をされているので、仕事のできる女房に囲まれれば、素晴らしい人に仕立て上げられてしまいます。そういう人は恋愛相手としてつまらない、と頭中将は言います。

「いとさばかりならむあたりには、誰かはすかされ寄りはべらむ。取るかたなくくちをしき際と、優なりとおぼゆばかりすぐれたるとは、数ひとしくこそはべらめ。人の品高く生まれぬれば、人にもてかしづかれて、隠るること多く、自然にそのけはひこよなかるべし。中の品になむ、人の心々、おのがじしの立てたるおもむきも見えて、分かるべきことかたがた多かるべき。下のきざみといふ際になれば、ことに耳たたずかし」

（新潮日本古典集成『源氏物語　一』より）

［ナオコーラ訳］

（頭中将は、）

「あのね、そんなひどい人には、いくらオレが間抜けだって、恋しないですよ。『つまらなくて、まったく取り柄のない人』と、『理想的で、うっとりするような素晴らしい人』って、どちらも滅多にいないんです。とにかくね、身分が高く生まれた人は、優秀な女房たちに補佐されて悪いところが隠されるから、はたからすると、その雰囲気から立派な人に見えてしまいます。やっぱり、中流の人を相手にしてこそ、それぞれの気質やめいめいの標榜する個性的な面がこちらにもはっきり見えて、際立つ美点もたくさん感じられて、いい恋ができると思いますよ。でも、下層の身分の人となると、もう惹かれませんね」

（なんて具合に、ひたすら「中流の人」を推《お》す。）

ふむふむ、と光源氏は聞いています。頭中将は、光源氏の人生に長く絡んでいく重要なキャラクターですが、この時点ですでに、光源氏の最初の正妻である葵《あおい》の上の兄であり、「友人」という一言では済ませられない関係です。地位は光源氏の方が高いので、頭中将は一応は一歩引いた感じで光源氏を立てて接していますが、恋においても政治においてもライバルです。

そんな頭中将の恋愛観を聞いて、光源氏は影響を受けます。その後の左馬頭、藤式部丞の語るエピソードでも、やはり「中流の人」が恋愛にふさわしく聞こえてきます。

光源氏はその後、実際に「中流の人」たちとどんどん恋愛をしていきます。『源氏物語』に登場する多くのヒロインが、生まれは高貴なのに今は落ちぶれていたり、父親の身分は高いのに母親の身分が低くて父親から放っておかれていたり、地方の受領《ずりょう》の妻であったりします。身分が高い人は周囲から実際以上に仕立て上げられるから、というだけでなく、相手にちょっと劣ったところがなければ恋愛できないみたいです。

身分が高く、しっかりした才覚があって、ちゃんとプライドもある葵の上のような人とは恋愛関係を築けません。

ところで、葵の上は上流です。兄の頭中将は光源氏と葵の上の婚姻関係がうまくいくようにしなければならないはずで、「雨夜の品定め」で「恋愛相手は中流」と主張しているのはちょっとおかしいです。でも、「ホモソーシャル」ってこういうことが良くあるようです。自分の身近な異性が不利になるようなことをわざわざ同性の会話相手に言うことで同性同士の仲を深められる、という考えがあるのではないでしょうか？

中流がいい、といえば、現代の日本のアイドルは、美人だったり、頭が良かったり、稼いでいたり、しっかりしていたりする人よりも、美人というよりはかわいらしい感じの顔だちだったり、勉強ができなかったり、貧乏だったり、悩みがちだったり怠け癖があったり発展途上の性格だったりする人の方が人気があるようです。どうしてでしょうか？　もしかしたらそれは、「応援する人たち同士でつながりやすい」という理由もあるのかもしれません。「ファン」

「推し友」といった交流の中では、その人の優秀なところや立派な性格を語り合うよりも、「こんな抜けているところがかわいいよね」「ダンスが下手なのに努力しているから応援したいよね」と欠点を語り合う方が、仲が深まる気がします。相手を人間として見て向き合うのではなく、横のつながりを作るときのネタとして扱いたい場合には、立派な人よりは、抜けている人の方がちょうど良い……という感じにアイドルを侮《あなど》っているのかもしれません。

また、「雨夜の品定め」の中で、頭中将は、「昔つき合っていた人との間に子どもが生まれたのだが、今はその恋人も子どももどこにいるのか、ずっと探しているのだが行方が知れない」というエピソードを切なく語っています。実は、その恋人こそが夕顔なのです。光源氏はこの「雨夜の品定め」のあと、ふとしたことで夕顔と出会って恋愛し、夕顔の死後、頭中将との子どもである玉鬘《たまかずら》ともめぐり会って引き取ります。こういった、後のエピソードを知ってから再読すると、「雨夜の品定め」で頭中将が光源氏にペラペラ喋っている姿が、なんだか哀れです。それに、夕顔自身は、「雨夜の品定め」みたいな場所で自分の恋愛がネタにされることをどう感じるものでしょうか？

とはいえ、頭中将がペラペラ喋る性格だからこそ、光源氏との仲が深まっていくわけで、頭中将としてはこれでいいのかもしれません。なんというか、異性を捧げ物のように扱うことで同性と仲良くなる達人です（褒めていません）。

こんなふうに「雨夜の品定め」に絡めて「ホモソーシャル」のことを考えていたら、自分も無礼な行動の数々があったな、と思い当たり、反省しました。

友人と話しているとき、いい恋愛やいい結婚をしているという自慢話をしたら仲良くしてもらえないと思い込み、自分の恋愛や結婚を自虐的に語ってしまうことがありました。また、「好きなタイプ」について語るとき、その憧れの人に自分が釣り合うと勘違いしていると思われたくないため、欠点のありそうな人の悪そうな部分を語ってしまうこともありました。つまり、人を悪く言ってしまうことが、私もあったのです。

雑談というのは難儀なものですね。光源氏みたいに、聞き役に回ることが一番安全なのかもしれません。……うーん、でも、ちょっとずるいですよね。

黙っているのでもなく、頭中将みたいにペラペラ喋り過ぎるのでもなく、自然な会話ができたらどんなにいいでしょう。自慢でも自虐でもなく、その場にいない人のことを誰も傷つけない話をうまくできるようになりたいものです。しかし、なかなか難しいのですよね。

貧困問題

――夕顔

今回は、貧しい家の繊細な描写があるシーンから始めます。素敵な箇所なので、ちょっと長めに引用しますね。

秋の夜、恋人になったばかりの夕顔の家に、源氏が泊まります。

八月十五夜、隈なき月影、隙多かる板屋のこりなく漏り来て、見ならひたまはぬ住ひのさまもめづらしきに、暁近くなりにけるなるべし、隣の家々、あやしき賤の男の声々、目さまして、「あはれ、いと寒しや。今年こそなりはひにも頼むところすくなく、田舎のかよひも思ひかけねば、いと心細けれ。北殿こそ、聞きたまふや」など、言ひかはすも聞こゆ。いとあはれなるおのがじしのいとなみに、起き出でてそそめき騒ぐもほどなきを、女いとはづかしく思ひたり。えんだちけしきばまむ人は、消えも入りぬべき住ひのさまなめりかし。されど、のどかに、つらきも憂きもかたはらいたきことも、思ひ入れたるさまならで、わがもてなしありさまは、いとあてはかにこめかしくて、またなくらうがはしき隣の用意なさを、いかなることとも聞き知りたるさまならねば、なかなか、恥ぢかかやかむよりは、罪ゆるされてぞ見えける。ごほごほと、鳴る神よりも、おどろおどろしく踏みとどろかす碓の音も、枕上とおぼゆる、あな耳かしかましと、これにぞおぼさるる。何の響きとも聞き入れたまはず、いとあやしう、めざましき音なひとのみ聞きたまふ。くだくだしきことのみ多かり。

白妙の衣うつ砧の音も、かすかにこなたかなた聞きわたされ、空飛ぶ雁の声、取り集めて、忍びがたきこと多かり。端近き御座所なりければ、遣戸を引きあけて、もろともに見いだしたまふ。ほどなき庭に、されたる呉竹、前栽の露は、なほかかる所も同じごときらめきたり。虫の声々みだりがはしく、壁のなかの蟋蟀だに間遠に聞きならひたまへる御耳に、さしあてたるやうに鳴き乱るるを、なかなかさまかへておぼさるるも、御心ざし一つの浅からぬに、よろづの罪ゆるさるるなめりかし。

（新潮日本古典集成『源氏物語　一』より）

［ナオコーラ訳］

陰暦八月、今の九月に当たる月の満月の夜のことだ。まっすぐな月光が、隙間の多い板葺きの家に漏れ入ってきて、光源氏が見慣れていない貧しい住まいの景色を明らかにする。夜明けが近づいたのだろうか、隣の家々から、身分が低い男たちの声が聞こえ、目が覚めたのだった。

「あーあ、すげえ寒いなあ。今年は米のできが期待できなくて、田舎に出かけていくことは考えられねえからさ、かなり不安……。なあ、北隣さん、聞いてるか？」

なんて言い交わしているのも耳に入ってくる。細々とした各自の生計のために気ぜわしく立ち騒いでいる姿が自分の家のすぐ近くにあるということを、夕顔はきまりが悪いと思った。ここは、もしも体裁を重要視して気取っている人だったら、恥ずかしさに耐えられず消えてしまいそうな場所だ。けれども、夕顔は落ち着いて平気な顔を崩さず、恨めしいことも嫌なこともきまりが悪いことも、気に病んでいる雰囲気を出さず、態度としては、とても品よくおっとりとして、むき出しな隣家のはしたない会話を「なんのことだかわからない」という体《てい》で聞いている。そのため、光源氏からは、恥ずかしがって赤くなるよりも、ずっと良いように見えた。

そこに、ゴロゴロと鳴る雷よりも大きく、足で杵《きね》の柄を踏んで米をついている音がおどろおどろしくとどろいた。枕の中から聞こえてくるのだと光源氏は勘違いして、「ああ、やかましいな」と閉口する。生活音など聞いたことのない光源氏だから、それがなんの音かはまったくわからず、聞きなれない嫌な音だな、とだけ思ったのだ〈まあ、読みにくいかもしれませんが、身分の低い者の生活はこんな雑音が多いのです〉。

さらに、布を砧《きぬた》で打つ家事仕事の音がかすかにあちらこちらから聞こえてきて、それから空を飛ぶ雁《かり》の声など、あれやこれやの音もいっしょくたになって秋のさびしさを高まらせてくるので、耐えがたくなった。

外に近いところで寝ている光源氏は、引き戸を開け、夕顔と一緒に覗いた。狭い庭に、おしゃれな呉竹《くれたけ》が生えている。植え込みの草木の上の露は、場末のこんな家でも光源氏の邸宅と同じようにきらめいている。虫たちの声が入り交じる。広い自宅では室内にいるコオロギの声だって遠くから聞くことに慣れているのに、耳のすぐそばで鳴いているように聞こえるのが新鮮でかえって面白いと感じられるのは、夕顔への深い愛という一点により、寛大な心が生まれたからだろう。

光源氏は、金持ちです。

貴族として生まれ、他人の助けを借りながら悠々と生きてきたので、生活というものを知りません。金が足りない苦しみは、想像すらしたことがないでしょう。

でも、夕顔は貧しい人々が住む界隈に住んでいます。光源氏は「貧しい生活」に初めて触れるのです。

夕顔は金に困っているようです。ただ、夕顔は実際の境遇よりもさらに悪く見えるように身をやつしているらしく、どん底の貧乏というのとはちょっと違うかもしれません。

この時代の日本に住んでいた人たちの大多数は、もっともっと貧しい暮らしをしていたはずです。でも、光源氏はそこまでは思いが及びません。

『源氏物語』は貴族の物語です。登場人物のほとんどが貴族ですし、読者もほぼ貴族でした。『源氏物語』は、藤原道長の支援を受けて執筆が促され、その執筆は道長の娘の中宮彰子《しょうし》の宮仕をしながら行われたので、やはりその辺りの貴族、それも位がかなり高い人たちが読むことを作者の紫式部は想定していたでしょう。それに、平安時代は、教育制度が確立されていなかったので、文字を読めるのは身分が高い人に限られていました。

そういうわけで、風景描写や情景描写も、貴族の読者が想像しやすそうな、大邸宅の庭や高価な調度品ばかりが作中に出てきます。この夕顔の家の庭みたいな貧しい景色が細かく描写されるのは稀です。

このシーンは、現代小説に似ていると思います。だから、私にとってはとても馴染みやすいです。私は普段、現代小説を書く仕事をしておりまして、デビューしたばかりの頃によく、編集さんから「描写を丁寧に」というアドヴァイスをもらいました。新人作家はストーリーや人間関係を追う文章ばかりで小説を構成してしまいがちなのですが、小説を小説たらしめるのは風景描写なのです。

平安時代を生き、今のように古今東西の文学作品を読める環境にはなかったはずの紫式部が、現代小説のようなしっかりとした風景描写をしていることに驚きます。読んでいると、月光や露といった美しい秋の景色が眼前に迫ってきて、布や米を打つ音やご近所さんの会話や虫の声などのガヤガヤしたものが耳に押し寄せてきます。素晴らしい文章です。

でも、紫式部はこのシーンの途中に、「くだくだしきことのみ多かり。」という、ちょっと変な一文を入れています。私は、「〈まあ、読みにくいかもしれませんが、身分の低い者の生活はこんな雑音が多いのです〉。」と、カッコでくるみ、ですます調でちょっと長めに訳してみました。

せっかくの描写の流れが中断してしまうので、こんな変な一文はない方がいいと思うのですが、『源氏物語』にはこういう、変な一文がよく入るのです。研究界隈では、「草子地《そうしぢ》」と呼ばれています。書き手の批評が、作品内に入っているのです。『源氏物語』は、「どこかの女房が書いた物語」という設定になっています。紫式部は「自分の声」というより「架空の女房の声」というつもりで書いているみたいなんです。だから、文章と文章の合間に、「こんな文章を書いてしまいましたが……」「このあたりは読みづらい文章ですよね……」といった、書きながら喋っているような声を紛れ込ませているのです。読んでいると、いいシーンなのに、「このあたりは、長く書くのが面倒なので、省略して次に進みますね」といった文章が突然出てきて、次のシーンに飛んでしまって、びっくりすることがあります。こんな文章は現代小説には絶対にないので、出くわすとちょっと笑ってしまいます。「作者が顔を出してはいけない」というのは現代小説では暗黙のルールになっていますよね。でも、『源氏物語』では、書いている本人も喋るのです。

ここの草子地は、「くだくだしきことのみ多かり。」という、短いセリフですが、つまりは、「身分が高い読者の方々は、こんな下々の者の生活なんて、知りたくもないでしょうし、面白い文章にも感じないでしょうけれども、夕顔の家があるこのあたりの暮らしについて、ここで書かざるを得ないんですよ」といった言い訳めいたものを紫式部は入れ込んだのですね。

ただ、そんな言い訳をしながらも、風景描写の筆が乗りに乗っているので、紫式部は確実に、貧困の描写を楽しんでいると思います。それに、葵《あおい》の上や、六条御息所《ろくじょうのみやすどころ》、女三宮《おんなさんのみや》といった、金持ちのヒロインたちとの恋愛は決して盛り上がらず、いわゆる恋愛シーンの描写も少ないのに対し、夕顔、紫の上、浮舟《うきふね》といった貧しいヒロインたちとの恋愛は盛り上がり、恋愛シーンが細やかに描かれるのは、やっぱり、「貧乏は面白い」という思いが紫式部にあるからではないでしょうか。

『源氏物語』の有名な読者に菅原孝標女《すがわらのたかすえのむすめ》がいますが、その孝標女は『更級日記《さらしな》』の中で「光の源氏の夕顔、宇治の大将の浮舟の女君のやうにこそあらめ」と書いています。孝標女が少女時代に憧れたヒロインは夕顔と浮舟だったみたいです。このことについて、研究界隈では「手が届きそうなヒロインだから」「『自分でもなれそう』という勘違いを起こしやすいヒロインだから」という捉え方をされがちなんですが、「貧乏って、うっとりする設定だから」ではないかな、と私は想像します。儚《はかな》い雰囲気、切ない感じ、ちょっと恥ずかしい感覚、恋愛どころか生き続けるのにも障害があるという苦しみ、それらが物語を盛り上げます。

いいえ、『源氏物語』だけではありません。古今東西の文学が、貧困から生まれました。

執筆中の紫式部は、草子地にあるように「高貴な読者は興味を持たないだろう」と心配したのかもしれませんが、実際には、貧しさは文学愛好者の大好物です。

貧困は死をも呼ぶ苦しいものですから、「うっとり」「盛り上がる」「面白い」といった言葉で表現することを嫌う人もいるかもしれません。でも、文学で貧しさを楽しむのは、貧しさを肯定することではありません。貧しさを読むことで、貧困問題に取り組めるのではないか、とも思います。

そして、性差別によって貧困が起こっている場合が多いことを、まず忘れてはいけません。

ちなみに、私は大学時代に、この「夕顔」を学んでいたとき、「夕顔は遊女だった」という説を先生が授業中に話していたように記憶しています。けれども、今、作中にそれを決定づけるような記述は見つけられません。

「夕顔は金に困っていた」「この時代のこの性別の人間には、遊女になる以外に金を得る手段はほとんどなかっただろう」「夕顔は自分から源氏に声をかけて積極的に恋愛を進めているが、この時代のこの性別の人で自分から恋愛を進める人はほとんどいないので稀有《けう》だ」といった読みは確かにできるので、そのあたりから「遊女だったのでは？」という予想を先生がしていたのかもしれません。それと、昔の文学研究者はどうしても性別への偏見から離れられない人が多くて、「遊女タイプ」「聖女タイプ」という二つのカテゴリーに登場人物を振り分けるのが好きだった（若い人は信じられないでしょうが、小説や映画などのヒロインをそういうカテゴリーに分けて捉えるというひどいことが、昔は盛んに行われていました）、という理由もあるのかもしれません。

夕顔は、夕顔という素朴で可憐な花を扇に載せて光源氏に贈り、恋を始めます。そういう積極性を、「遊女のようで、魅力的だ」と昔の人は捉えたのかもしれません。

遊女だったのか遊女ではなかったのかはわかりませんが、ともあれ、「経済力を頼るために恋愛をしている」という面はあったでしょう。夕顔だけでなく、『源氏物語』に登場する多くのヒロインが、光源氏の経済力を頼ります。

平安時代の貴族の場合、ヒロインの性別だと、稼ぐ手段がないのです。

「稼ぐ手段を持てない性別がある」という社会での恋愛には自由がありません。

文学の中においては面白いですが、自由のない社会は変えていかなければなりません。私は現代小説の書き手ですから、このような不平等な関係は恋愛ではない、とこれからの小説で書いていきたいなあ、と思いました。

最後に、光源氏は、貧しい庭の風景を楽しむことはしても、夕顔やご近所さんたちの生活の苦しさを思いやることはないので、そこは読んでいてちょっと物足りないですよね。

この時代の天皇や貴族は象徴ではなく執政者なので、「政治をやるなら、貧困についてもっと学んでくれ」ということは、まあ、思ってしまいますね。

マウンティング

——六条御息所と葵の上

プライドって大事ですよね。

プライドが高い人って、キラキラしています。

プライドは、自尊心という言葉と言い換えられることもあります。「自分を大事な存在だと思う」「自分を尊いもののように扱う」といったことは生きる上で大事です。日本には謙遜を美徳とする文化があって素晴らしいです。でも、それが行き過ぎて自分を必要以上に低い存在と捉えてしまう人もいるみたいで、悲しいです。

謙遜というのは他の人たちよりも低い立場から話すことであって、自分を低い存在だと捉えることとは違うのではないでしょうか。まずは自分を尊い存在だと認識し、そうして相手も尊い存在だと想像し、でも自分のことは理解していても相手のことはよく知らないから、とりあえずは低い場所にへりくだってコミュニケーションを取る、という程度のことではないでしょうか。プライドをきちんと持っている人は、自身も相手も大事にしながらコミュニケーションを取るので、話しやすいですよね。

ただ、プライドという言葉は、曖昧《あいまい》な使われ方をされがちで、たまに「他人よりも自分を高い存在と捉える」といった意味合いで使用されているのを見かけるときがあります。自分と相手を比べる必要はないはずなのですが、なかなか自分を大事な存在だと思えない場面では、つい、「この相手よりも……」という思考になってしまうのですね。

プライドは大事で、でも、ときどき怖いです。


『源氏物語』に出てくる中でプライドの高い人物と言えば、六条御息所《ろくじょうのみやすどころ》です。六条御息所は、前の東宮（皇太子）の妻だった人で、東宮に先立たれたあと、七歳年下の光源氏と恋に落ちます。身分も知性も品格も容姿も優れていて、その自覚を持ち、光源氏との付き合いにおいて凜とした態度を崩さず、下手《したて》に出たり、かわいげを出したりはしません。

光源氏の若い時代の恋人ですが、出会いや盛り上がっているシーンは描かれていません。あるいは、『源氏物語』には時代と共に消失してしまった巻があるとも言われているので、執筆はされたのに、現存していないだけかもしれません。

なんにせよ、現代の『源氏物語』の読書において、六条御息所は、光源氏の他の恋愛相手との絡みにおいてのみ認識されるキャラクターになっています。自分の家に光源氏がなかなか来ないと寂しさを抱えたり、他の光源氏の恋人より格下扱いされてモヤモヤしたり、といった描写があります。また、生き霊となってあくがれ出て夕顔を取り殺したり（という読み方を長くされてきたのですが、本文で明言されていないので、夕顔を殺したのが本当に六条御息所なのかはわかりません）、やはり生き霊となってあくがれ出て葵《あおい》の上を取り殺したり（こちらは明言されています）、本人に悪事を働く考えはないのですが、無意識のときに暴走してしまいました（生き霊というのは、本人の思いとは裏腹な行動をするらしいです）。プライドが高くて、嫉妬深い、ただ、そのせいで人間味と悲哀がにじみ出て、多くの読者に愛されているキャラクターです。

そんな六条御息所のプライドが最大級に傷つけられるのが、「車争い《くるまあらそ》」と呼ばれる有名なシーンです。「葵」の巻にあります。

葵祭《あおいまつり》で牛車《ぎっしゃ》を停める場所で揉《も》める、という、まあ、くだらない争いなのですが、この争いのせいで、六条御息所の運命は大きく変わるのです。

葵祭は、陰暦四月の中の酉《とり》の日に行われる行事で、正式名称は「賀茂《かも》祭」と言います。斎王列に光源氏もお供することになり、「かっこいい光源氏が見られる」というので世間は盛り上がります。大通りは、たくさんの見物客で溢れます。牛車がひしめき合い、身分が高い人でもなかなかいい場所が取れません。そんな中、光源氏の「正妻」（?）の葵の上が乗っている牛車と、「妾《めかけ》」（?）である六条御息所が乗っている牛車が鉢合わせしてしまいます。本人たちに争う気持ちはなかったはずですが、供人《ともびと》たちは若く、酒が入っていたこともあり、勝手にケンカを始め、牛車を停める場所を争います。

日たけゆきて、儀式もわざとならぬさまにて出でたまへり。隙もなう立ちわたりたるに、よそほしう引き続きて立ちわづらふ。よき女房車多くて、雑々の人なき隙を思ひ定めて、皆さし退けさするなかに、網代のすこしなれたるが、下簾のさまなどよしばめるに、いたう引き入りて、ほのかなる袖口、裳の裾、汗衫など、ものの色いときよらにて、ことさらにやつれたるけはひしるく見ゆる車二つあり。「これは、さらに、さやうにさし退けなどすべき御車にもあらず」と、口ごはくて、手触れさせず。いづかたにも、若き者ども酔ひ過ぎ立ち騒ぎたるほどのことは、えしたためあへず。おとなおとなしき御前の人々は「かくな」など言へど、えとどめあへず。斎宮の御母御息所、ものおぼし乱るるなぐさめにもやと、忍びて出でたまへるなりけり。つれなしつくれど、おのづから見知りぬ。「さばかりにては、さな言はせそ。大将殿をぞ豪家には思ひきこゆらむ」など言ふを、その御方の人もまじれれば、いとほしと見ながら、用意せむもわづらはしければ、知らず顔をつくる。

（新潮日本古典集成『源氏物語 二』より）

［ナオコーラ訳］

昼過ぎになって、葵の上は、そこまできちんとしたふうではない支度をして葵祭に出かけた。

一条の大路に物見車がびっしりと立ち並んでいるところへ、葵の上の一行の牛車が立派な装いで何台も続き、停車できそうな場所を探し始める。女房車がひしめき合っている。葵の上の供人たちが、身分の低い人の車がなさそうな辺りを探し、他の車を移動させていると、下簾《したすだれ》の趣味の良い、使い古した網代車《あじろぐるま》が二つあった。下簾の端から少し覗く袖口、裳《も》の裾、汗衫《かざみ》（上着）の一部など、色目がとても美しくて、身分の高い人のお忍びであることがはっきりとわかる。

「この車は、押しのけていい車ではないぞ」

と、その牛車の供人たちが言い、手を触れさせない。

葵の上の供人たちはいきり立ち、ケンカが始まってしまう。どちら側の供人たちも若く、酔っ払っていて抑えがきかず、騒ぎが大きくなる。

年配のさきがけが、

「そんなことをするな」

と諭《さと》そうとするが、止めることができない。

その車は斎宮の母の六条御息所のもので、「悲しい気持ちをなぐさめられるのでは」と忍んで見物に来ていたのだった。何気ないふうを装っているのだが、葵の上の一行にはそれが六条御息所の車だとなんとなくわかってしまう。

「その程度の者に、そんな口をきかせてたまるか。光源氏様のご威光を笠に着ているのか？」

なんてことを葵の上の供人が言い出す。近くには光源氏の供人もいたのだが、六条御息所を気の毒に思いながらも、仲裁に入るのが面倒で、知らない顔をしている。

たくさんの人の目がある中でケンカが始まってしまい、六条御息所と葵の上は牛車の中で恥ずかしくつらい思いをしていただろうと想像できますが、供人たちの上に立つ身分であるとはいえ、この時代のこの性別の人たちは人前に姿を現すことはできないですし、とてもケンカを止めることはできなかったのでしょう。

そのままケンカは収まらず、結果、葵の上の供人たちが六条御息所の牛車を蹴散らして、勝ってしまいます。

六条御息所はみすぼらしい場所から葵祭を見物せざるを得ませんでした。

これが、物語に大きなうねりを与えます。

六条御息所はこのことから思い煩《わずら》い、我知らず葵の上に憎しみを抱いてしまい、葵の上の出産の場に生き霊として姿を現し、葵の上を取り殺すのです。

葵の上は夕霧《ゆうぎり》という男の子を産むとすぐ、自身は物語から去ります。光源氏は、葵の上を取り殺したのは六条御息所だと察して苦悩し、以前のように六条御息所を慕うことはできなくなります。六条御息所も自分がやってしまったことと光源氏から愛されなくなったことを自覚し、斎宮になる娘に付き添って伊勢《いせ》へ移ることを決め、光源氏との恋愛関係に終止符を打ちます。


最近、「マウンティング」という言葉をよく聞きますが、「車争い」はマウンティングですね。元々は動物に使われていた言葉だそうです。サルなどの動物が相手の上に乗って序列確認をする行為を指していました。動物界には上下関係がよくありますからね。でも、最近は、「ママ友がマウンティングしてきて困る」だとか、「会社で同僚にマウンティングされた」だとかといった人間社会の序列を作る文脈でも見かけるようになりました。

これまで、こういう話を聞いたときに、つい私が思ってしまっていたのは、「別に、マウンティングされたっていいいんじゃないか?」ということでした。私は幼児の育児中のため、特にママ友のマウンティングに関する話に馴染みが深いです。「『私の方が、いい結婚をしている』と匂わせてくる」だとか、「お喋りの端々に『私の方が、おしゃれだ』というほのめかしが入っている」だとかもマウンティングに当たる会話らしいのですが、そんな会話、それでいいじゃないか、相手にその通りに「自分の方がいい結婚をしている」「自分の方がおしゃれ」と思ってもらっておいた方が楽でいい、と私は感じます。相手の方が上ということにしたところで、自分に実害はないし、どうしてマウンティングを取られたことで怒る人がいるんだろう？　と不思議でした。

でも、よくよく想像してみると、たとえば、誰かから『私の方が、いい小説を書いている』と暗に示される」だとか、『私の方が、社会的な文章を書けている』とにじませられる」だとかということがあったら、私は心の中で怒るかもしれません（そんなことを言う人に実際には会ったことはありませんが）。つまり、自分にとってどうでもいい分野のことだったら気になりませんが、自分が命をかけている分野、且《か》つ、なかなか自信が持てない分野についてのマウンティングだったら腹が立つのです。

マウンティングに腹が立ったとき、どうしたらいいのでしょうか？「ああ、私はこの分野が好きなんだな」「そして、なかなか自信が持てていないんだな」と気がつけばいいのかもしれません。

それと、「世間から競争させられているかもしれない」と疑うこともしていいのかもしれませんよね。

世間は、同性同士を競争させようとする空気を作ってくるのです。私の場合は、小説やエッセイの仕事に関して、自分と他の作家を比べる必要はないのですが、世間には競争させようとする空気があります。世間はキャットファイトが好きですから。異性の作家とは比べられないのに、同性（と世間から見なされる）の作家とはしょっちゅう比べられてしまいます。批評や文学賞選評やネット書き込みの中に、そういう空気を感じます。これに巻き込まれないようにするのが大事だなあ、と思っています。

そう、六条御息所と葵の上も、互いの恋愛を比べる必要はまったくないわけです。それぞれ、別々に恋愛をして、自分だけの愛し方をして、一所懸命に光源氏との関係を作っていただけです。

いや、六条御息所だって、それはわかっていたはずです。それなのに、「車争い」のときに、供人たちが勝手にケンカを始めて相手と競ってしまい、それが周囲の目に晒《さら》されたので、その後は葵の上に対する意識が強烈に自分の頭に上ってくるようになったのでしょう。世間が、六条御息所と葵の上を面白がって比べて、その視線を感じてしまった六条御息所が、巻き込まれてしまったのに違いありません。

この性別の人に尊厳がなかった時代だったからこその悲劇でもありました。平安時代では恋愛とは別の場所で生きがいや自信を持つことが難しかったので、意識が集中してしまうのは仕方ないです。

本来、プライドを大事にしたいときに、マウンティングは必要ありません。自尊心を守るときに、人との比較はいりません。ただ、自分だけに集中して、自分を尊い存在だと感じて、自分の恋愛や仕事に胸を張ればいいのですから。

自戒を込めて、そう思います。

どうしても相手と比較をしてしまいそうなときは、「私はここで生きたいんだな」「でも、これでは自信が持てていないぞ」「なんか変な『世間の競争』に巻き込まれているぞ」と気がつけたらいいですよね……。まあ、難しいんですが。

ともかくも、そのままの流れで生き霊になってしまった六条御息所は、人間味と悲哀がたっぷりで、やっぱり、愛すべきキャラクターです。

トロフィーワイフ

女三宮

「源氏は『若菜《わかな》』から読めばいい」

と折口信夫《おりくちしのぶ》が言っています。

確かに、ぐぐっと物語がうねる「若菜」の巻は読み応えがあります。

「若菜」における光源氏の年齢は四十代です。若い頃の恋物語にも、美しい情景、恐ろしいもののけ、個性豊かでかわいらしいヒロインたち……と読みどころがいっぱいでしたが、どろどろした人間心理が詰まった中年物語の重みは格別です。

「『源氏物語』の中で、一番好きな巻はどれですか?」

という質問に際し、人生経験豊かな読者の多くが「若菜」と答えるのではないでしょうか?

さて、ドラマティックにいろいろなことが起こる「若菜」ですが、まずは、天皇の娘である女三宮《おんなさんのみや》と光源氏の結婚の話が湧いて出て、紫の上と光源氏の絆が揺らぎます。

『源氏物語』は、光源氏と紫の上の二人が軸になった物語です。光源氏の最愛の人が一貫して紫の上であることは、読者にとって明白です。

でも、その婚姻関係は現代のイメージとは少し違います。平安時代の「結婚」は、今よりも曖昧《あいまい》な形だったようです。

現代日本では、パートナーと新しい戸籍を作ることを「結婚」と表現することが多いようです。もちろん、はっきりとした線引きではなく、淡いところもあります。戸籍上の婚姻関係がなくとも、同居の期間が長い場合は事実婚として法的にも捉えられます。また、現状の戸籍制度には問題が多く残っていて、同性での戸籍上の「結婚」がまだできないのですが、いくつかの自治体はパートナーシップ制度を作り、同性カップルの権利を広げようとしていますし、戸籍に関係なく、友人知人が婚姻関係を認識している場合もあります。そう、当たり前ですが、戸籍に関係なく「結婚」という言葉を使うことはできます。ただ、相続や親権など事実婚やパートナーシップ制度では保障されない権利がまだまだあります。戸籍上の「結婚」をしていないカップルの生きづらさを国が作ってしまっているため、国民は生活の中で線引きを感じてしまうことも多いです。その結果、日常においても「役所から、どう見られているか」を基準に「結婚」を定義してしまうシーンは、根強く残っています。

ともあれ、平安時代には、役所に紙を提出してどうの……、といった手続きもそのイメージもありませんでした。親や親戚に承諾を得たり、共寝《ともね》した翌朝に手紙を送ったり、三日間通ったり、餅を食べたり、……と段階を踏むことでぼんやりと認められていったみたいです。光源氏と紫の上の間でもこういったことが交わされたので、世間からも「光源氏と紫の上は婚姻関係にある」となんとなく思われているわけですが、光源氏には他にもたくさん結婚相手っぽい人がいるので、「たった一人の特別な相手」といった現代の夫婦のイメージとは異なります。『源氏物語』の本文中に、「結婚」や「正妻」といったはっきりした言葉は出てきません。

後世の研究者が、最初の「正妻」は葵《あおい》の上だ、次に紫の上と「結婚」した、それで初めて紫の上の地位が安定した、……といった読み方をして、婚姻関係のイメージをコントロールしながら読者を導いてきました。しかし、研究者によって、「結婚」の定義や、「正妻」の捉え方はまちまちです。平安時代は一夫多妻制だった、という読み方が主流ですが、そうではなく、一夫一婦制で「正妻」と「妾」たちがいたのだ、と考える研究者もいます。

現代や近代の文学にも、婚姻関係にまつわる恋愛小説、特に不倫小説はとても多いですよね。戸籍を重要視する場合、それは「婚外恋愛」と呼ばれ、はっきりとした立場の違いを認識しながら、「正妻」と「妾」の心理合戦を楽しむことになりがちです。

しかし、『源氏物語』では、誰が「正妻」で「妾」なのかがぼんやりしていて、「婚外恋愛」という言葉はぴったりきません。ただ「結婚っぽい関係がたくさんあって、その中に大事にされがちな人とそうでもない人がいる」というイメージを抱きながら読むことになります。ただし、身分制度はしっかりとありますから、誰が誰よりも身分が上なのかは、ものすごくはっきりわかります。

身分の高い妻は、世間から見ると、「正妻」っぽさが強いです。嫌なことですが、愛ははっきりと見えず、身分ははっきりと見えるんですね。

若い頃の光源氏は、恋愛相手に中流を求めていて、できすぎた人よりも、ちょっと欠点があるような人を愛しがちでした。身分やプライドの高い人、お金のある人ではなく、貧しくて困っている儚《はかな》げな人を助けたり教え導いたりすることを「恋愛」と捉えて楽しんでいたんです。葵の上や六条御息所《ろくじょうのみやすどころ》よりも、紫の上を愛したわけです。

けれども、中年になってから、急に「皇女との結婚」を選択します。上流に対する欲が出たのでしょうか？　光源氏は、罪を咎《とが》められて須磨《すま》に流され、政治から離れていた期間がありました。その後ということもあり、屈辱を晴らし、世間に対して何かを認めさせたくなったのかもしれません。光源氏としては、女三宮という皇女との結婚の理由を、出家する朱雀《すざく》院から後見を懇願されたこと、昔からの憧れである藤壺《ふじつぼ》の姪にあたる女三宮にその影を求めたことも、結婚の理由に挙げていますが、読者からすると、やはり「身分」へのこだわりと感じられます。

いくら深く愛している人（紫の上）がいて、世間からも認められていても、その人よりも身分の高い人（女三宮）と新たに「結婚」すれば、「新しい人を『正妻』に据えたいんだな」と世間から見られます。紫の上が気に病まないわけがありません。光源氏はどう考えていたのでしょう？　世間がどうあれ紫の上はわかってくれる、という甘えがあったのかもしれません。

とにかく、光源氏は、朱雀院の娘である女三宮との結婚を決めてしまいます。なんと、女三宮はまだ十三歳です。紫の上は三十代です。ライバルと呼ぶのも可笑《おか》しいような年齢差ですが、とにもかくにも相手は皇女ですから、「光源氏には、紫の上よりも大事にしなければならない相手ができた」と世間から見られる、と紫の上は感じ、塞ぎ込みます。

紫の上は純心無垢でおっとりとしたヒロインとして描かれてきました。でも、やっぱり他人からの目も気になるようです。長年の間、光源氏からも、周囲の人々からも、そして読者からも、最も重要なヒロインと見られながら過ごしてきた紫の上です。光源氏の最愛の人、「正妻」っぽい地位にいる人、とみんなから思われています。そこに突然、光源氏と皇女の結婚、という寝耳に水の話を聞かされます。一番愛されている紫の上でも、皇女との結婚を選択する光源氏との関係作りは難しいのです。安定した地位から滑り落ち、他人からどう見られるか、思い悩みます。

心のうちにも、かく空より出で来にたるやうなることにて、のがれたまひがたきを、憎げにも聞こえなさじ、わが心に憚りたまひ、いさむることに従ひたまふべき、おのがどちの心よりおこれる懸想にもあらず、せかるべきかたなきものから、をこがましく思ひむすぼほるるさま、世人に漏り聞こえじ、式部卿の宮の大北の方、常にうけはしげなることどもをのたまひ出でつつ、あぢきなき大将の御ことにてさへ、あやしく恨み嫉みたまふなるを、かやうに聞きて、いかにいちじるく思ひ合はせたまはむ、など、おいらかなる人の御心といへど、いかでかはかばかりの隈はなからむ。今はさりともとのみ、わが身を思ひあがり、うらなくて過ぐしける世の、人笑へならむことを、下には思ひ続けたまへど、いとおいらかにのみもてなしたまへり。

（新潮日本古典集成『源氏物語　五』より）

［ナオコーラ訳］

紫の上は心の中で、「空から降ってきたような話なのだから、辞退なんてできっこないのだ。光くんを責めることはしないでおこう。これは、光くん自身が気に病んだりすることでも、他人の意見が出たところで破ったりするようなことでもない。自身の心から湧いた恋ではなく、朱雀院から頼まれたことなのだから。止める方法がなく受け入れるしかない話だって私はわかっているのだから、それを苦にして沈んでいる姿を世間に漏らすなんてバカなことはしない。ああ、でも世間は私のことをいろいろ言うだろうな。お父さんの奥さんは、私を呪うようなことをいつも口にしているらしくて、鬚黒大将《ひげくろのたいしょう》と玉鬘《たまかずら》の結婚のときだって、私にはどうしようもないことだったのに私の計らいだと思い込んで恨んでいたみたいだから、この話をあの方が聞いたら、『ちゃんと報《むく》いがあったんだ』と笑うに違いない」……なんて具合に他人の思いを想像してしまう〈そう、おっとりした性格の紫の上とはいえ、これぐらいの邪推はするのです〉。

表面上は、おっとりとした雰囲気をなんとか保ちつつも、『もう大丈夫。自分よりも愛される人はいない』と安心しきって過ごしてきた自分のことを世間は笑うだろう」と内心ではくよくよ思い続けた。

現代においては、「夫が突然、もう一人の妻との結婚を決めてきた。それも十三歳。嫌だけど、えらい人から言われたことだから、断れない」なんていう悩みはまずないと思います。まあ、ぶっ飛んだ話です。

けれども、なんとなく、紫の上の心がわかる気もしますよね。

世間からどう見られるかを気に病んでしまう気持ち。これは、現代人の多くも抱いたことがあるのではないでしょうか。

恋愛は、当人同士の問題だとみんな考えているので、「相手からどう思われているんだろう?」とだけ悩みます。結婚だって、本当は当人同士だけの問題のはずです。でも、現代でもまだ「結婚は世間のもの」という空気があり、当人たちも「世間からどう思われているんだろう?」が気になってしまいます。

愛に生きているように見えた紫の上も、世間の評価から自由ではなかったのですね。

そして、光源氏の方でも、自身に注がれる視線に無頓着だったわけではないでしょう。

母親の身分が低かったため、天皇の息子でありながら源氏姓になりました。政治に参加してちやほやされながらも、天皇にはなれない身です。恋愛や芸事にいそしみ、世間の噂の対象になってきました。そんな自分の結婚は、世間からどういう評価が下されているのか?

そんなことをいつも考えていれば、だんだんと欲が深くもなります。できることなら、いい評価をもらえる結婚がしたい。自分はこの程度ではない。今の妻との結婚よりも、もっといい相手との結婚ができる。まだまだ上を目指せるのではないか? ……光源氏はそんなふうに思ったかもしれません。

いくら朱雀院に願われたことでも、光源氏から断る方法はありました。女三宮の結婚話は、光源氏の息子の夕霧《ゆうぎり》とでも……、と本当は言われたのです。うまい具合に息子の方に持っていくことだって、あるいは光源氏の地位と話術があれば、他の人への縁談につなげることだってできたかもしれません。

それなのに、自分との結婚話として受け入れたのは、光源氏に野心があったからに他ならないでしょう。皇女と結婚ができるような自分なのだ、と。まだ老いぼれていない自分なのだから若い人と結婚できる、と。世間に知らしめたかったのです。

「成功者としての自分を世間に知らしめすための結婚相手」のことを呼ぶ言葉として、「トロフィーワイフ」というものがあります。妻をトロフィーのように見立てて、自分の経歴を飾るのです。

こういった話は、現代でも耳にすることがあります。

すでにある程度の仕事をやり遂げて、それなりの年齢になっている人が、突然、若くて、容姿が良く、世間から重要視されるような妻との結婚を選択します。「相手との愛ゆえの結婚」というよりは、「成功者としての結婚」です。

仕事一筋できた独身者がその選択をすることもありますが、苦労の多かった時代から共に生きてきた「糟糠《そうこう》の妻」と別れ、若くて、美人で、世間から称賛されそうな妻との再婚を決めることもありますよね。

実際、結婚によって社会的評価が変わることがあるようです。

でも、未来ではどうでしょうか?

昔は「内助《ないじょ》の功《こう》」という言葉もありました。一家の大黒柱の仕事を、家族が助けていたのです。しかし、収入を得る労働と無収入の家事という家庭内分業が多かった時代が去り、現代では夫婦が別々に社会的な仕事を担うことが増えてきました。収入に関係なく、家事を重要視し、それぞれが担って生活を進める人が多いです。また、家事を助ける電化製品やシステムがなかった昔とは違い、ロボットやサービスが助けてくれるようにもなるでしょう。未来においては、婚姻関係において、どちらかがどちらかの仕事を助ける、という概念は薄れていくに違いありません。家族で仕事をすることは減るでしょう。仕事は個人が仕事仲間と共に行います。「素敵な奥さんがいる」「素敵な旦那さんがいる」ということが社会的ステイタスになることはなくなるでしょう。

現代でもすでに「仕事の評価とプライベートの評価は分けよう」という考え方が広がってきています。職場で、妻や夫の容姿や職業を示したり、姻戚関係者の話題を出したりすることは、マナー違反とみなされる雰囲気が出始めています。

結婚が社会的評価の対象になる時代は終わります。

おそらく、未来においては、トロフィーワイフは廃れるでしょう。

性暴力

――女三宮など

「若菜《わかな》」の巻は長いので上下に分かれています。「若菜下」では、柏木の女三宮《おんなさんのみや》への恋情や、紫の上の出家願望といったことが語られていきます。

柏木は、光源氏の長年の親友・頭中将《とうのちゅうじょう》の息子であり、光源氏の息子の夕霧《ゆうぎり》の親友でもある立派な若者です。その柏木は光源氏と結婚した女三宮をなんとなく気にしています。光源氏方では紫の上を大事にしていて、子どもっぽくて魅力に欠ける女三宮のことはなかなか愛せていません。やっぱり、女三宮は上流という属性だけで所望されたのですね。なんとも可哀想な女三宮です。

そんなある日、柏木と夕霧が庭で蹴鞠《けまり》をしていたら、猫が走り回ったせいで御簾《みす》がめくれ上がり、部屋の中にいた女三宮の姿が一瞬外に見えました。垣間見《かいまみ》すれば恋が始まるのが平安時代の物語です。柏木は女三宮に恋焦がれるようになり、その猫を手に入れてかわいがったり、女三宮に仕えている小侍従《こじじゅう》と何度もやり取りして「女三宮と会わせてくれ」と頼み込んだりします。一方その頃、紫の上が病気を患い、それをきっかけに「出家したい」と言い出したので、光源氏はなだめるのにかかりきりになりました。その隙をついて、柏木はとうとう小侍従の手引きで女三宮と会うのです。すると気持ちを止められず、思いを遂げてしまいます。

宮は、いとあさましく、うつつともおぼえたまはぬに、胸ふたがりておぼしおぼほるるを、「なほかくのがれぬ御宿世の浅からざりけると思ほしなせ。みづからの心ながらも、うつし心にはあらずなむおぼえはべる」。かのおぼえなかりし御簾のつまを、猫の綱ひきたりし夕のことも聞こえ出でたり。げに、さはたありけむよと、くちをしく、契り心憂き御身なりけり。院にも、今はいかでかは見えたてまつらむと、悲しく心細くて、いと幼げに泣きたまふを、いとかたじけなくあはれと見たてまつりて、人の御涙をさへのごふ袖は、いとど露けさのみまさる。

（新潮日本古典集成『源氏物語　五』より）

［ナオコーラ訳］

女三宮は、想像の範疇《はんちゅう》を超えた事件が起きたことに呆然として、とても現実のことだとは受け止められず、ただ胸がふさがる思いがして、悲しみに沈み込んでいく。

柏木は喋り始める。

「やはり、このように逃れられない宿縁が私とあなたの間にあったのだと、あきらめてください。私がしでかしたことではありますが、なんだか正気の沙汰ではなかったように感じます」

そうして柏木は、女三宮の方では姿を見られたとは感じていなかったあの出来事、猫が綱を引っ張って御簾の端っこを上げた夕方の思い出まで語り出した。

そうか、そんなふうに姿を見られたのがきっかけで今襲われたのか、と女三宮は悔しくてたまらない。つらい宿縁に取りつかれた女三宮だった。これからは光源氏にとても会えない、と、悲しく不安になり、子どものように泣き出した。

柏木は恐れ多く、そして愛おしくも思い、女三宮の涙を自分の袖で拭って濡らす。


このように、女三宮の方では、性行為が終わるまで何が起こっているのかもよくわからない状態でした。終わったあとも、呆然として、とにかく悲しく、悔しく、当たり前ですが柏木に対して親密な気持ちなんて微塵も湧いてきません。

つまり、現代でいうところの性暴力が起こったわけです。これが今の物語だったら、犯罪として描かれることになります。どんなに立派な人でも、これを起こした人は性犯罪者です。柏木は「魂の殺人」とも呼ばれる重い犯罪を起こしました。

しかし、柏木が女三宮の意思に反して性行為を行ったことに対し、登場人物たちはもちろん、作者も責めるような視線を送っていません。その後は、あくまで「光源氏を裏切った」という一点のみで柏木は責められていきます。

後世の読者や研究者たちの多くも、この出来事を「密通」という言葉で表現し、「レイプ」や性暴力といった言葉は使ってきませんでした。それが私は不思議です。女三宮は被害者です。しかし、そのことを慮《おもんぱか》る人は時代が進んでもなかなか現れなかったのです。

そもそも、「光源氏を裏切った」ということを問題にするとしても、裏切ったのは柏木のみで、女三宮は裏切っていません。女三宮は柏木を愛していないし、なんの行動も取っていません。

しかし、女三宮はまるで自身が罪を犯したかのように悩み、作者からもそんな視線を送られているみたいなのです。

これに似た不思議さを、私は『源氏物語』の別の箇所でも感じます。

「宇治十帖《うじじゅうじょう》」と呼ばれる第三部の最後のヒロイン、浮舟《うきふね》の物語です。浮舟は、薫《かおる》と匂宮《におうのみや》の二人から愛され、どちらを選ぶべきか悩む、という解釈を読者や研究者からされてきました。「二股」の恋愛をするヒロインとして有名です。浮舟は、まず薫と関係を結びます。その後に、匂宮に性行為を強いられます。ただ、匂宮は性暴力をふるっているのです。それも、薫のふりをして部屋に忍び込んできて、浮舟や女房たちを騙して襲うのです。それなのに、浮舟はやはり、薫を裏切ってしまった、と悩むのです。

いや、こういうシーンはもっとあります。『源氏物語』や平安文学の中に描かれる性行為の性暴力率は高いです。しかし、性的同意を確認せずに行われた性行為は性暴力と捉えられます。しかし、性的同意という言葉は、ここ数年でやっと広まってきた言葉です。千年前には概念さえもなかったのでしょう。コミュニケーションの問題とさえ捉えられておらず、そもそも「その性別の人間には性行為をする意思がない。性欲もない。深い考えも持っていない」と捉えられていたような節もあります。襲うしかない、と思われていたのです。

紫の上も、初めての性行為のあとは、怒っていました。しばらくすると光源氏を愛するようになりますが、最初は性暴力によって支配されたことに驚き悲しみました。

登場人物の多くがそうやって恋愛をしていることから、これはフィクションに限った話ではなく、平安時代を生きていた人たちが実際にそんなふうに生活を送っていたのだと思われます。平安時代の暮らしにおいては、「これが恋愛だ」と捉えられていたのでしょう。だから、後世の読者や研究者も、「平安時代の恋愛には性暴力も含まれていた。現代の考えには合わないが、これも恋愛。当時の風習から考えて、性暴力を『恋の始まり』と捉えて平安文学を読もう」ということになるわけです。ただ、「完全なる恋愛」として読むのはやっぱり無理があると私は思うのです。

確かに、加害者は「これは普通の恋愛だ。恋愛物語だ」と感じていたかもしれません。でも、被害者はどうでしょうか？　その時代の空気によって「自分に落ち度があったんだ。自分にも罪があるんだ」と思い込まされていたとしても、さすがに、「恋愛してしまった」とまでは感じていなかったのではないでしょうか。

その後に相手を愛するようになる人もいますが、それでも、性暴力の被害者は、最初の性行為を「これが恋だ」とは捉えていません。平安時代においても、被害者には、痛さつらさ苦しさ恥ずかしさ人権を踏みにじられた感覚があったはずです。だから、そのニュアンスを汲み取りながら読解するべきだと思います。

ちなみに、女三宮の場合は、このあとも永遠に柏木を許しません。

女三宮は、この性暴力によって妊娠します。喜びは微塵もありません。柏木のせいでひどいことになった、と恐れおののきます。光源氏には到底言えません。けれども、光源氏は柏木が女三宮に送った手紙を発見し、すべてを察します。柏木は光源氏の怒りが恐ろしく、病に臥《ふ》します。女三宮は、病気になった柏木にそっけなく対応します。女三宮は出産し、柏木は亡くなり、生まれた子どもは光源氏の子として育てられます。女三宮はうまく子どもを愛することができず、出家して、仏道に邁進します。

現代の読者にとって、女三宮の行動は自然なものに感じられます。性暴力の加害者を許すように強要したり、被害者に性暴力の結果の妊娠を喜ぶように期待したりするのはおかしなことです。しかし、この物語では、柏木への対応や、子どもへの関わり方に対し、「女三宮は冷たい」という視線が注がれます。

「不用意に外に姿を見せてしまったこと」「手紙をきちんと隠しておかなかったこと」といったちょっとしたミスが過大に描写され、子どもっぽい、人間として不出来である、といったイメージも物語の中で作られていきます。


女三宮は、数多くいるヒロインの中でも、読者人気が低いです。

見た目がかわいらしいといっても人形のようで、字や会話が下手で、いつまでも幼い性格で、身分だけが高く、好かれる要素が少ないいんですね。その上、「『密通』をして光源氏を裏切った」という設定にされてしまっています。

でも、子どもっぽいのは、罪でしょうか？　字が下手だったら、夫から愛されなくても仕方ないんでしょうか？　異性に姿を見られたら、性暴力を受け入れないといけないんでしょうか？　もらいたくもない手紙だから適当に置いておいただけなのに「たしなみがない」と評価を下げられないといけないんでしょうか？

女三宮は可哀想過ぎます。悪いことは何もしておらず、ただ周りに翻弄されているだけなのに、光源氏からも、読者からも、愛されないのです。

柏木からの性暴力によって女三宮が産んだ子どもは、薫です。成長後は、光源氏亡きあとの『源氏物語』第三部の主人公を務めます（薫と匂宮の二人が主人公とする説もあります）。

この薫は、読者や研究者から「不義の子」という言葉をよく使われて論じられてきました。『大辞林』で「不義」を調べてみます。「①正義・道義にもとること。人の道にはずれること。『―の臣』②男女の道にはずれること。密通。『―を重ねる』『―の子』③古代、律の八虐の一。師・長上の官などを殺すこと」とありました。この場合は、②の意味でしょう。密通、つまり婚外恋愛によって生まれた子どもであることが薫の問題なのだ、というわけです。

そこでなされるのは「光源氏という、絶大な権力と人気を誇る人物の息子として世間からもてはやされているのに、実は母親が密通したことによって生まれたのだから、本当は光源氏の威光を笠に着ることなどできないのだ」と悩んでいるのが薫だ、という解釈です。

ただ、現代的な読み方をするのならば、「不義の子」ではなく、「性暴力の結果として生まれた子」ですよね。薫にとってはもっとつらく悲しい出自ということになりますが、現実にもそういう背景を背負って生まれて苦しむ子どもはいます。文学も共に悩み苦しみ考えていかなければならない問題だと思います。

少なくとも、今後の研究の場では「密通」や「不義」という言葉は使わない方がいいのではないでしょうか？　女三宮の痛み悲しみにも寄り添って読んでいきたいです。

それにしても、性暴力の被害者が、なぜか罪を問われるというのは、古今東西に多くあります。罪人だと世間から後ろ指をさされたり、親や家族から縁を切られたり、修道院に入れられたり、ときには名誉殺人（親族による私刑）が起こることもあります。

「被害者が事件時にどんな服を着ていたか？」といった容姿やファッションにまつわることを裁判やマスコミが引き合いに出すことは現代日本でもよく見かけます。被害者に性行為の意思がなかったことが明らかでも、服装だけで「この服は誘っている」という判断をされたり、そんな場所に行ったのは危機感がない、酒を飲んだのが甘い、といった「ゆるい」という誹《そし》りを受けたりもします。性暴力の理由は百パーセント加害者にあり、被害者に理由はありません。けれども、いまだに被害者に理由を求める間違った空気が残っているのです。

女三宮も、庭の近くに立っていたことや猫と遊んでいたことなどから「ゆるい」というイメージを付けられています。紫の上みたいにたしなみ深い人だったら他人に姿を見られるような失敗はしなかったはずだ、という視線が光源氏や作者から投げられています。

『源氏物語』の成立と同時代の読者たちの多くは宮仕えの女房たちであり、ヒロインと同じ性別の人間として、もやもやしていたのではないでしょうか？

「世間なんてこんなものだろう」「自分には恋の概念を変えられない」というあきらめの中で暮らしながらも、「『襲われたら自分の罪』と捉えて生きていかなければならない」なんて変だ、と言語化はできなくても心の奥にもやもやを抱えていたのではないかと想像します。

ヒロインたちの痛み悲しみ苦しみや、当時の読者のもやもやを切り捨てずに読むことが、現代における読者の仕事だと思います。

世間に漂う「ちょっと変だ」というもやもやがあったからこそ、女三宮や浮舟は、恋を捨てて、出家の道を選び、恋愛物語であるはずの『源氏物語』のラストは不思議な方向に向かったのかもしれません。

産んだ子どもを育てられない
——明石の御方

『源氏物語』の中で、光源氏の「子ども」として描写される人物は六人います。

まず、葵《あおい》の上との間に生まれた子ども……夕霧《ゆうぎり》。

そして、明石《あかし》の御方との間に生まれ、紫の上に育てられた子ども……明石の姫君。

それから、女三宮《おんなさんのみや》との子ども（実際は、柏木による女三宮への性暴力によって生まれた子ども）……薫《かおる》。

表向きには桐壺帝の子どもとして愛でられており、光源氏の子どもとして語られるのは内々の話ですが、光源氏と藤壺《ふじつぼ》が世間に隠れて逢瀬をしたことによって生まれた子ども……冷泉《れいぜい》帝。

それから、養女として育てた二人がいます。

六条御息所《ろくじょうのみやすどころ》と前の東宮の間に生まれた子ども……秋好中宮《あきこのむちゅうぐう》。

夕顔と頭中将《とうのちゅうじょう》の間に生まれた子ども……玉鬘《たまかずら》。


改めて振り返ると、意外にも古代の方が「血」におおらかだった感じもします。「家」にはこだわっているけれども、親子の間に本当に血がつながった関係があるかどうかは現代よりは問題にされていない雰囲気がありますね。ともかくも、この六人が光源氏の人生を彩り、また、光源氏亡きあとの物語を引っ張ります。

今回は、この六人の中のひとりである明石の姫君と、その母親の明石の御方を取り上げたいと思います。

光源氏には有名な「人生の転機」があります。そう、「須磨《すま》に流される」というエピソードです。「貴種流離譚《きしゅりゅうりたん》」という物語の類型をご存知でしょうか？　ゆくゆくは英雄や王や立派な神になるような尊いキャラクターが、子どもの頃、あるいは若い頃に、元々の居場所とは違うどこかに流されて、過酷な旅をしたり、試練を克服したりして、尊い存在になる「理由」を獲得する物語の形が、古今東西にある神話や童話や小説などに多く見られます。

光源氏の「須磨」のエピソードも、この「貴種流離譚」のひとつの形と捉えることができます。天皇の子として生まれて、都会でちやほやされているだけだと、主人公感がちょっと足りないですよね。やっぱり、何かしらの欠点、何かしらの苦労があってこそ、物語の主人公の風格が漂うものです。

そんなわけで、光源氏は政敵の娘とラブアフェア（恋愛事件）を起こし、罰として須磨へ流されます。初めて京を離れるわけです。私からしたら須磨に行くのがそこまでつらいとは思えないですが、まあ、屈辱的なことではあり、世間も同情し、「光源氏は、可哀想だー」という雰囲気が物語の中に漂います。海辺で寂しそうにしている光源氏の情景がまぶたに浮かび、読書を盛り上げてくれます。

須磨には、明石入道《あかしのにゅうどう》という人がいました。光源氏の遠縁で、出家して仏道に勤しんでいます。明石入道には娘がひとりいます。明石の御方です。明石入道はこの明石の御方の教育に並々ならぬ力を注いでいて、行く末を異常なほどに期待しています。住吉《すみよし》明神に祈祷を続け、あるとき、明石の御方が産んだ娘が国母《こくも》になる、というお告げのような夢を見ます。国母というのは、天皇を産んだ母親のことです。明石の御方は、身分がすごく高いわけでもないし、田舎育ちなので、いくら美人で教養を身につけているとしても、天皇に縁があるような立派な結婚をして、その後に産んだ娘が国母になる、と信じるなんて大それているのですが、明石入道はその夢を信じるのです。

明石入道は光源氏に望みを見ます。流されてきた光源氏を支え、明石の御方との関係をそれとなく作ります。明石の御方本人が、すべてを父親に握られ、人生を引っ張られることをどう思っていたのかはわかりませんが、明石入道の思った通りにことは進みます。そうして、明石の御方は本当に娘を授かります。それが、明石の姫君です。

明石入道も、明石の御方も大喜びです。大事に、大事に、姫君を育て始めます。

ただ、それほどでもない身分の明石の御方の子どもとして育てた場合、天皇と縁があるような高貴な人と姫君の結婚が先々にあるとは考えにくいわけです。

ここで、「紫の上に育ててもらうのはどうか?」という提案が光源氏から出されます。光源氏はすでに許されて京に戻っていました。紫の上は光源氏の最愛の人で、正妻格の地位にいますが、子どもはいません。「紫の上も子どもを欲しがっているがなかなか恵まれていないので、この姫君を喜んで育てるだろう」と光源氏は勝手なことを言い出すのです。明石の御方から姫君を離して京に連れていき、紫の上の娘として育てた方が姫君の将来が明るくなるよ、と光源氏は明石の御方を説得します。

明石の御方は納得し、その方が姫君のためになると信じ、手放す決心をします。姫君は三歳で、かわいい盛りです。別れは身を切るような思いがしますが、光源氏がとうとう姫君を迎えに来ました。

この雪すこし解けてわたりたまへり。例は待ちきこゆるに、さならむとおぼゆることにより、胸うちつぶれて、人やりならずおぼゆ。わが心にこそあらめ、いなびきこえむをしひてやは、あぢきな、とおぼゆれど、軽々しきやうなりと、せめて思ひかへす。いとうつくしげにて、前にゐたまへるを見たまふに、おろかには思ひがたかりける人の宿世かなと思ほす。この春より生ほす御髪、尼そぎのほどにて、ゆらゆらとめでたく、つらつき、まみの薫れるほどなど、言へばさらなり。よそのものに思ひやらむほどの心の闇おしはかりたまふに、いと心苦しければ、うち返しのたまひ明かす。「何か、かくくちをしき身のほどならずだにもてなしたまはば」と聞こゆるものから、念じあへずうち泣くけはひ、あはれなり。

姫君は、何心もなく、御車に乗らむことを急ぎたまふ。寄せたる所に、母君みづから抱きて出でたまへり。片言の、声はいとうつくしうて、袖をとらへて、「乗りたまへ」と引くも、いみじうおぼえて、

末遠き二葉の松に引き別れ
いつか木高きかげを見るべき

えも言ひやらず、いみじう泣けば、さりや、あな苦しとおぼして、

「生ひそめし根も深ければ武隈の
松に小松の千代をならべむ

のどかにを」と、なぐさめたまふ。さることとは思ひ静むれど、えなむ堪へざりける。

（新潮日本古典集成『源氏物語 三』より）

［ナオコーラ訳］

この雪が少し溶けてから、光源氏は明石の御方を訪れた。

明石の御方は、いつもだったら光源氏を待ち焦がれているのだが、今回の源氏は姫君を迎えにきたのに違いないのだから、複雑に心が乱れる。

けれどもこれは他人のせいではなく自分のせいなのだ、という気持ちも湧いてくる。そう、自分の意向次第なのだ。もしも自分が断ったら源氏は無理に連れていくようなことはしないだろう、自分が悪い、と情けなくもなる。今からでも断りたい……、でも、一度受諾した話を蒸し返して断ったら考えのない人間だと源氏から思われるだろうし、やはり、ぐっと堪えるしかない、と思い直す。

源氏は、三歳になった姫君と、その母親の明石の御方と対面する。とてもかわいらしい様子で自分の前に座っている姫君を見て、こんな子を得たのだからやはり明石の御方とは深い宿縁があったのだ、としみじみ感じ入る。この春から伸ばし始めた髪は、「尼そぎ」という、背中のあたりで切りそろえる髪型にまでなってゆらゆらと愛らしく、頬の辺りや、目元のほんのりとした美しさなども言葉にならない。これからは姫君を遠くから見守るしかなくなる明石の御方の「心の闇」を思うと、とても心苦しくなる。繰り返し「安心して」と言いながら夜を明かす。

「いいえ、私のような身分の低い者の子どもとしてではなく育ててもらえるのなら、それだけでも……」

明石の御方がそう返しながらも堪えきれずに泣いてしまうので、源氏は気の毒になる。
朝になり、姫君は、ただただ無邪気に、車に乗ろうと急ぐ。車を寄せたところに、母親である明石の御方が自ら抱っこして出てきた。片言の言葉で、とてつもなくかわいらしい声で、母親の袖をつかみ、
「いっしょに、乗ろう」
と引っ張るので、明石の御方はたまらず悲しみが込み上げて、
　これからが楽しみな姫君と今別れて
立派になったところを見るのはいったいいつになるのでしょう
という歌を詠んだが、声が詰まって最後までは言い切れなかった。
激しく泣いている姿を見て、無理もない、かわいそうだと源氏は思い、
　親子の深い宿縁もあるに違いないので
いずれあなたと姫君は一緒に暮らすことになるでしょう
という歌を詠み、安心してください、と慰める。
明石の御方は、「本当にいつかまた一緒に住めるかもしれない」と考えて気持ちを静めようと努めるのだが、とても堪え切れない。

これはかなりの地獄だな、と私は感じました。三歳になるまで慈しんで育てた子どもと別れ、次にいつ会えるか、あるいはもう会えないのか、わからないのです。

人生が終わったような断絶を味わうのではないでしょうか？　周囲の風景から色彩が消えて、次の日からどうやってごはんを食べたらいいのか、どうやって眠ったらいいのか、わからなくなってしまうのではないでしょうか？

自分の話をして恐縮ですが、私は今、幼い子ども二人の育児中でして、この子たちと離れたらとても生きていけない気がします。子どもの方はどうでしょう。三歳ぐらいだと記憶がまだ定着しないので次第に親の顔などは忘れてしまう可能性が高く、それに子どもというのは順応性があるので新しい親にすぐに親しむことができるかもしれません。でも、愛着関係というものがあります。乳幼児期でも、親との別れは子どもの心に少なからず傷を残すでしょう。

もちろん、愛着関係があっても別れを経験しなければならないときはあります。この世には死というものがあります。あるいは、日本では共同親権が認められていないので、親たちが離婚した場合にはどちらかの親と永遠に別れる、あるいはごくたまにしか会えない関係になる、ということが、親同士の話し合いがうまくいかない場合は起こります。また、たとえ愛着関係があっても虐待は起こるので、精神的、身体的に親が子に傷を与えそうなときは親子は引き離されます。

でも、避けられるのなら避けたいのが別れというものです。

こういう話では、「生みの親」と「育ての親」とどっちが大事か？　といった論争になりがちですが、親は何人いてもいいものですし、それについてどっちが大事かを考えるなんてナンセンスです。

そうではなく、無意味に親子を別れさせることについて考えたいのです。たとえ、血のつながりがなくても、親子の別れはつらいです。

以前、特別養子縁組についての新聞記事を読んだことがあります。様々な事情により実母が育てるのが難しい場合、子どもが別の家庭で育つための制度です。ある夫婦が特別養子縁組を希望して生後十二日から育てたところ、生後十ヶ月になったところで実母の翻意が起こり、胸が張り裂けそうになったそうです。赤ちゃんは実母の元へ戻されたとのことでした。

これはあまりにもひどい、と思いました。十ヶ月でも、育てた子との別れはつらいです。赤ちゃんも親も地獄の苦しみを味わいます。実母にも事情があったに違いなく、実母を安易に責めるわけにはいきません。ただ、このような悲しいことも起こってしまうという課題があるわけで、この制度がもっと進化することを願わずにいられません。

明石の御方も激しい悲しみを経験したことでしょう。産んだ産まないの話ではなく、毎日育ててきた小さな人との別れの話です。

自分次第と言えども、父親や夫が勝手な望みをかけて説得してきたら、「それよりもここにいた方が幸せです」と対抗するのは、平安時代には難しそうです。親や夫に意見しにくいということもありますが、実際、子どもを幸せにする自信は湧きにくいのではないでしょうか？ この時代では「食べていけなくなる可能性」まで視野に入れて子の先々を見なければいけないわけです。この性別の人は、結婚をしない場合、どんなに能力や労働力があっても金銭に結びつかないのですから。

物語としては、その後、明石の御方は、大人になった姫君と再会できます。でも、大人になったあとですよ。三歳までしか知らない自分の子どもと、大人になってから会うって、どんな気持ちでしょうか……。誘拐や拉致や連れ去りなどの理由で大人になってから子どもとの再会が叶った、という記事を読むことがありますが、その心の想像は難しいです。

乳幼児期の子どもは一ヶ月経つだけで表情も体格も仕草も変わります。先月と今月でも別人のようです。私は、「ああ、先月のこの子にはもう会えないんだな。もっと先月の日々を大事に過ごせば良かった」と悔いることがよくあります。

野心や経済的な理由で、不必要な別れが起こるのは、悲しいばかりです。

不倫

——雲居の雁と他のたくさんの人たち

現代日本の読者にとって一番の大きな壁になりそうなトピックを後回しにしてしまっていました。

不倫です。

『源氏物語』の登場人物たちは当たり前の顔で不倫のようなことをわんさかしているし、そもそも古今東西の小説に不倫はあって「恋愛小説といえば不倫小説」と言われるぐらいなものですから、私のようにそこはあまり気にならずに読み進めてきた読者も少なからずいるとは思います。でも、きっと、「私は不倫否定派だから、不倫が書いてある物語なんて読みたくない」という人も多いに違いありません。特に最近の日本では、不倫の話に対して強い拒否反応を示す人が増えています。

不倫というのは、婚外恋愛、浮気などとも呼ばれる恋愛の形です。既婚者同士、あるいは片方が既婚者である恋愛関係を指します。

メディアで、不倫をした有名人を激しくバッシングしているのをよく見かけるようになりました。不倫というのはプライベートな話のはずですが、なぜかそれで仕事の評価を変えることも日本ではよく行われます。世間は不倫をした人を疎外し、ときには職業から退けることもあるみたいです。まるで性犯罪者かのような非難が集まる場合もあるようです。しかし、同意を得ずに性行為をすることが性犯罪ですから、不倫はそこには当てはまりません。

不倫は犯罪ではないんですよね。

ただ、不倫の恋愛関係がある場所の近くに傷ついている人がいる可能性は高いかもしれません。

傷ついたり傷つけたりがひどくつらそうに思えて、私自身は不倫をしたことがありませんし、私の近くにいる人が不倫をするというのも経験したくありません。とはいえ、そういう気持ちは自分のことにすぎないので、他人の不倫に対して意見を言おうとは思いません。そもそも、法律としても、刑法ではなくて民法の範疇《はんちゅう》ということですし、その恋愛者たちを世間が裁く必要はなさそうです。

その恋愛者たちの家族や周りにいる人たちを被害者という枠にはめて捉えて同情する、というのもやめておいた方がいいのではないか、と私は思っています。周囲にいる人たちの誰がどのくらい傷ついているのか、といったことは噂話程度で知っている身にはわかりかねます。「結婚」「夫婦」「妻」「夫」といった型にはめてその人たちを捉え、そのキャラクターを妄想して、同情したり、代わりに言ってあげようと思ったり……、義憤にかられて声を上げ始める人も多いようですが、結婚の形も人間の形も多様なのに、勝手に型にはめてよいものでしょうか？　それに、バッシングを受けている有名人の家族の方々は、当人たちの不倫の出来事以上に、メディアや世間からの噂話のせいで生きづらさを強く感じているように見えます。本当に正義感から同情しているのなら、余計な詮索やアドヴァイスを控える方が、ご家族のためになるのではないか、と思うのです。

そして、私が常々不思議に思ってきたのは、たとえば、「不倫された妻」というキャラ設定には同情して「かわいそう」と声を上げる人でも、「三ヶ月前に出会った人と浮気をした彼の、二十年間の付き合いがあってここ数年は一緒に住んでいた彼女」というようなキャラクターの人にはあまり同情しないみたいだな、ということです。長い付き合いの恋人も、相手に浮気されたら深く傷つくでしょう。でも、婚姻関係にない恋人同士の事情に首を突っ込む人は少なく、独身者の恋愛が世間からバッシングを受けることもあまりありません。ということは、バッシングしたい人の気持ちの出どころは、決して「その恋愛で傷つく人がいるから『やめた方がいい』と言いたい。傷つく人がかわいそう」というところではなくて、「ルール違反を責めたい」「制度を強化したい」というところなんじゃないかと推測できます。

でも、日本では、すべての人が結婚できるシステムがまだ作られていません。たとえば、同性と結婚したい人は、法的に結婚をする術《すべ》が今のところはないのです。それなのに、浮気した人や他の人に気持ちが移った人を責めるか責めないかを、結婚しているかしていないかで決めてしまうのは、筋が通りません。

どうも、筋の通らない噂話やバッシングが、世間の中に渦巻いているようです。

制度というのは絶対的なものではなく、国や時代によって変化します。おかしな制度もいっぱいあって、その制度で生きやすい人と生きにくい人がいて、様々な思いが社会の中をぐるぐると回り続けています。

この項の冒頭で、『源氏物語』の登場人物たちは「不倫のようなこと」をわんさかしていると書きました。「不倫」ではなく「不倫のようなこと」と書いたわけは、そう、厳密に言うと『源氏物語』の恋愛は、現代風の不倫とはちょっと違うんですよね。平安時代には、国に書類を提出して契約する、というような婚姻制度がありませんから、結婚の形も今とは異なります。そうなると、「不倫」と言い切ってしまっていいのかが、ちょっとわかりません。でも、イメージとしては、「正妻」のような人がいて、「妾《めかけ》」のような恋愛相手が何人もいて……、という感じですから、古今東西にある不倫小説とも通じており、まあ、不倫という雰囲気で読んでも問題はないように思えます。

不倫っぽいエピソード、たとえば、気持ちの移り変わり、浮気を責められる、といった描写は『源氏物語』にたくさんありますから、どこを引用するか迷いますが、今回は雲居《くもい》の雁《かり》のエピソードにします。光源氏の子どもである夕霧《ゆうぎり》の妻が、雲居の雁です。

夕霧は、光源氏と葵《あおい》の上の間に生まれました。葵の上は左大臣を親に持つ「お嬢様」キャラで、光源氏の最初の「正妻」ですから、その子どもである夕霧は将来が保証された恵まれた出自を持っています。ただ、生まれてすぐに親である葵の上を亡くしていますから、ちょっと寂しい気持ちは抱えています。とはいえ、光源氏の恋愛相手のひとりである花散里《はなちるさと》が、その穏やかな性格から親代わりとしてかわいがってくれたこともあり、勉学に励み、光源氏とは違って真面目で堅い人物に成長しました。幼馴染の雲居の雁と結ばれたあとは、子沢山の家庭を築き、家族を大事にして、地道な生活をしてきました。

そんな夕霧が、「夕霧」の巻で、とうとう浮気をします。

雲居の雁はそれに薄々気がつき、証拠を探そうとし、何か意趣返しのようなことをしたいと思い始めたようです。

「真面目に妻を愛してきたおじさんが、中年になって急に血迷って浮気をする（おじさんといっても、夕霧はこのとき二十九歳なんですが）」「妻が、背後から手紙をうばって、浮気の証拠を見つけようとする」といったことは、現代人の多くが共感を覚えるエピソードですよね。「あの人がなぜ?」と思わせられる意外な人物の不倫、スマートフォンにあるSNSやメールなんかの盗み読み、といったものは、最近の日本のメディアでの不倫バッシング記事などでもよく見かけるので、エンターテイメントとして重宝される要素なのかもしれません。

そろーり、そろーり、と雲居の雁が忍び寄って、夕霧の手にある手紙をひったくろうとする、という「源氏物語絵巻」の絵は有名ですし、「このシーンが好き!」という読者は多いのではないかな、と想像します。

女君、もの隔てたるやうなれど、いと疾く見つけたまうて、はひ寄りて、御うしろより取りたまうつ。「あさましう、こは、いかにしたまふぞ。あな、けしからず。六条の東の上の御文なり。今朝、風おこりてなやましげにしたまへるを、院の御前にはべりて出でつるほど、またもまうでずなりぬれば、いとほしさに、今の間いかにと聞こえたりつるなり。見たまへよ、懸想びたる文のさまか。さても、なほなほしの御さまや。年月に添へて、いたうあなづりたまふこそうれたけれ。思はむところを、むげに恥ぢたまはぬよ」と、うちうめきて、惜しみ顔にもひこしろひたまはねば、さすがにふとも見で持たまへり。「年月に添ふるあなづらはしさは、御心ならひなべかめり」とばかり、かくうるはしだちたまへるに憚りて、若やかにをかしきさましてのたまへば、うち笑ひて、「そは、ともかくもあらむ。世の常のことなり。またあらじかし、よろしうなりぬる男の、かくまがふかたなく、一つ所を守らへて、もの懼ぢしたる鳥のせうやうのもののやうなるは。いかに人笑ふらむ。さるかたくなしき者に守られたまふは、御ためにもたけからずや。あまたがなかに、なほ際まさり、ことなるけぢめ見えたるこそ、よそのおぼえも心にくく、わがここちもなほ古りがたく、をかしきこともあはれなるすぢも絶えざらめ」

（新潮日本古典集成『源氏物語　六』より）

［ナオコーラ訳］

几帳《きちょう》か何かを隔てていたのだが、雲居の雁は目ざとく手紙に気がつき、そうっと夕霧に近寄ると、背後から手を回して手紙をサッと奪った。

「そんな品のない振る舞い、なんでするんだよ。ああ、人の手紙を取るなんて、異常な行動だ。これは花散里さんの手紙なんだ。今朝、花散里さんが風邪にかかって苦しそうで、俺はお父さんの所に行って帰ってきたあとにまたお見舞いに行こうと思っていたんだけど行けなくて、だから、手紙を出したんだよ。気の毒でさ、今はどんなお加減ですか、っていうお見舞い。見たらいいよ、ラブレターみたいな雰囲気の紙に書いてあるかどうか。それにしても俗悪な行動をするもんだな。雲居の雁ちゃんは何年も俺と一緒にいるうちに俺をばかにするようになったんだなあ、なさけないよ。しかも、周りに女房たちがいるのに人目を気にしないで行動するんだもんな」

夕霧はため息をつくだけで、それが大切な手紙だという顔も、引っ張り返して取り戻そうとする仕草も見せないので、雲居の雁としては手紙を奪ってはみたものの広げて読む気にはならず、ただ手に持ったままでいる。

「何年も一緒にいるうちに私をばかにするように変わったのは、そっちの心でしょう。そっちの態度にいつもそういう心が見え隠れしているよ」

雲居の雁は、夕霧がきちんとした態度を崩さないので気圧《けお》されてしまい、幼さも少し残るかわいらしい顔で、それだけ言うのがやっとのようだった。夕霧はちょっと笑って、

「それはもうどっちでもいいよ。『夫婦』を長年やってれば、どこの家庭もそうだよ。それにしても、俺みたいなのは珍しいと思うよ。高い地位を築いた夫が、こんなにわき目もふらずに、ひとりの妻だけを見てきて、雄鷹が雌鷹に対して萎縮して小さくなってる、っていうのはさ。どんなに笑われるか。こんな堅い夫じゃあ、むしろ雲居の雁ちゃんの不名誉になるんじゃないか？　たくさんの恋愛相手の中で、一段と飛び抜けて、別格で重んじられているように周りから見える妻こそ、世間から評

価される。それに他の恋愛相手もいる夫との生活の方が自分の気持ちも新鮮になって、おしゃれ感も愛情も長続きするってもんなんだよ」

人の手紙を奪うというのは、まあ、確かに悪い行動なんですが、雲居の雁の仕草を想像するとかなりコミカルで、笑ってしまいます。

そうして、夕霧の返しが、かなりひどい言い訳と屁理屈のオンパレードで、笑えます。雲居の雁ひと筋の姿の方が世間的には珍しく、恋人が何人もいるのが世間の常識だ、という夕霧の主張があります。夫に何人もの恋人がいることは平安時代の貴族文化としては良しとされていたようですから、実際、浮気がばれても夕霧は世間からバッシングは受けないのでしょうね。ただ、雲居の雁の心の動き方は現代人と同じに見えます。また、夕霧の方も、一所懸命に言い訳をしているということは世間がどうあれ自分の心としては後ろめたく、決して良いことをしている気分ではないのでしょう。

こういったエピソードを読むのが面白いのは、登場人物と自分の互換が可能に感じられるからかもしれません。「結婚」「夫婦」「妻」「夫」といった言葉を当てはめると、たとえば「妻」と呼ばれる人同士だったら、誰でもその位置と入れ替えができそうな気がしてきます。登場人物に自分を投影し、制度を問い直したり、自分だったらどうするか考えたり、という考えごとは楽しいですよね。ただ、これは文学の醍醐味です。現実世界ではやれないこと、やってはいけないことだと思います。

現実世界の人間は多様です。相手も自分も、これから先も生きていかなくてはいけませんから、自分と互換可能な存在だと捉えてはいけませんよね。人それぞれなんだ、と考えなくては、社会の維持が難しくなります。

「結婚」「夫婦」「妻」「夫」といった言葉がキャラ化して、ステレオタイプな関係として世間に流布されると、バッシングが過激化してしまうのかもしれませんね。

ジェンダーの多様性
――書かれていない人たち

『源氏物語』の登場人物は、何人いるのでしょうか？

五百人くらい、と私は大学の授業で習いました。ここできちんと数え直すべきとは思うのですが、どうも長すぎるし、数え方がいろいろあって判断が難しいし、まあ、五百人くらい、ということで体感として合っている気がするものですから、仮に五百人、ということで進めさせてください。

その五百人程の人物たちの性別や恋愛事情のすべてが『源氏物語』の本文に書かれているわけではもちろんありません。ただ、多くの人物が「女」「男」と表現され、また、恋愛シーンでは異性が二人で恋愛をしています。『源氏物語』は二元論の性別とステレオタイプな異性愛を想定して書かれた物語、ということで間違いないでしょう。

平安時代には身分の高い人の名前を出すのは失礼という考え方があり、本文に登場人物名はほとんど出てきません。現代語訳では「夕霧《ゆうぎり》」だの「浮舟《うきふね》」という名前がありますが、原文にはありません。当時の読者はそれでも読めたのでしょうが、後世の読者は名前のない人物たちの把握がかなり困難で読みにくいため、その人物のエピソードにちなんで勝手にあだ名を付け、主語にして読み進めました。それが後々の時代までつながっていきます。前の時代の読み方を、次の時代が引き継ぎ、あだ名を定着させました。つまり、ほとんどの登場人物に、作者ではなく読者によって名付けがなされています。

名前を出さずに文章を綴るというのは、当時の執筆者にとっては意外と簡単だったのかもしれません。日本語は述語だけでも文が成り立ちます。主語を使わずに述語ばかりで文章を作り、敬語でその動作の主体を推測させるということがよく行われています。また、主語を使う場合でも、役職名で表す、あるいは「女」「男」といった性別名で表す、ということでそつなく綴ってあります。

当時の読者は敬語をよく理解していたから読解がそれほど困難でなく、それに官職に馴染みがあったから昇進して役職名が変わっていってもそれが誰を指しているのか追いかけることができたのでしょう。

性別名に関しては、平安時代には二元論で性別を捉える感覚が広がっていて、さらに「女」「男」と出てくれば恋愛シーンという定石が同時代の他の作品でも作られており、そういう暗黙のルールのもとで読書が行われていましたから、究極的には、「女」「男」という主語だけでも恋愛物語が成り立ったのかもしれません。

これは、ファンタジーといいますか、文学的といいますか、とにかく、現実世界からは乖《かい》離《り》しています。

なぜなら、現実世界に生きる人間を無作為に五百人集めた場合、「女」「男」という二つの言葉では表現しきれないからです。また、恋愛に関しても、異性間でする人だけを五百人集めることは難しいでしょう。

ＬＧＢＴＱ＋（あるいは、ＬＧＢＴ）という言葉が、ここ数年で社会に浸透しました。出生時に割り当てられた性別から移行した人、これから移行したい人、同性を愛する人、両性を愛する人、恋愛をしない人、恋愛シーンとは別に社会的なシーンでのみ性別に違和感を持っている人、性別について考え中の人、その他いろいろな人がいます。「女性」「男性」といった二元論での性別の区分けに馴染まない人、「異性愛者」ではない人など、性的多数者のみを対象に作られた社会に馴染みがたい人たち全般を指すのがＬＧＢＴＱ＋という言葉です。日本語では「性的少数者」といった表現が、大体同じような意味合いで使用されることもあります。

少数ということですが、どのくらいの割合なのでしょうか。確かな数字はわかりません。というのは、性自認（自覚している性別）は人生の中で変化していきますし、カテゴライズの仕方が文化によってまちまちですし、また、現状の社会には差別や抑圧がありますから公言しにくいということもありますし、すべての当事者の声を拾うことは困難なんですね。それで、これまでいろいろな調査が行われてきたのに、国や時代によって結果に大きな差が出ていて、正確にはわからないのです。でも、五パーセントくらいなのではないか、という説をよく聞きます。現代日本社会で過ごしている場合、当事者の側《そば》にいても気がつかない、教えてもらえていない、ということも多いに違いありません。だから、五パーセント、つまり二十人にひとりくらい、と聞くと、「普段の生活の中で感じているよりもたくさんいるんだなあ」という感想を持たれる人もいるかもしれません。

五百人の人がいたら、その中の二十五人くらいはステレオタイプな性別の分け方や恋愛の表現に接した際に自身を投影できない、というわけです。ＬＧＢＴＱ＋に関する話がここ数年で急に広がり、その前の時代に馴染むことができていた方の中には「当事者が増えた」という感覚をお持ちの方もいらっしゃるかもしれませんが、そうではなくて、人類が誕生したときからその割合は変わらないそうですから、平安時代にも、『源氏物語』の社会感覚や性別の考え方、恋愛観に、自己投影ができない、馴染めない、という読者がいたはずです。

いや、登場人物にもいるかもしれません。ＬＧＢＴＱ＋の当事者として描写される登場人物はいませんが、平安時代は強制性交によって恋愛や結婚が始まりますから、本人の意向に関係なく恋愛や結婚をした登場人物がいるという読み方もできそうです。また、与えられた性別に馴染まなければごはんを食べていけない社会の仕組みがありますから、親兄弟の経済を回すために自身の性自認に反する結婚を選択した登場人物がいるだろうと読むこともできそうです。二十五人程の登場人物が、本当は当事者かもしれません。

『とりかへばや物語』という、平安時代後期に成立した物語作品があります。当時のジェンダー規範から外れた性格を持つ主人公たちが活躍します。「男らしい」性格の姫君と、「女らしい」性格の若君のきょうだいが、入れ替わって育ち、仕事や恋愛をしながら周囲と関わっていきます。ただ、主人公たちは性格が活発であったり内気であったりするだけなので、

ＬＧＢＴＱ＋の当事者という捉え方はできません。また、最終的には元の性別に戻るので、ジェンダー規範に抗う物語というところまでは到達していません。でも、当時の人たちも「その性別らしさ」に馴染まなくてはならないことを窮屈に感じたり、収まりきれない心があったりしたんだ、ということは窺えます。

ところで、私自身、収まりきれない心を持っています。この本で私が書いてきた文章をここまで追ってきてくださった方がお気づきになったかどうかわからないのですが、私は「女性」「男性」といった性別を表す言葉を極力排して本書を綴ってきました。

私はノンバイナリーという言葉がしっくりくるような性自認を持っています。性別の区分けを気にせずに社会を生きていきたい、という性質を生まれながら持っておりまして、不必要なシーンでは性別の区分けを書きたくないのです。ただの人間でいたい気持ちがあります。私は、「女」「男」「女性」「男性」といった言葉が苦手です。

とはいえ、世界から「女」「男」等の言葉をすべてなくしたい、といった野望を持っているわけではありません。そういう区分けがあった方が生きやすい、という方々がいらっしゃること、……いや、いらっしゃるというかそういう方々の方が多いことを、私は知っています。

他の方がそういう言葉を使っていたり、読書中の本の中にそういう言葉が出てきたりすることに、嫌悪は覚えません。そういう言葉が出てきても、会話を楽しめますし、本も面白く読めます。それぞれが、自身の言語感覚で、コミュニケーションや文筆に興じるのが良いと思うのです。そうして、私自身も自分の言語感覚を大事にして「性別を表す言葉」をあまり使わない文章を書いていこうかな、と考えた次第なのです。世にたくさん作家がいる中でひとりくらい「性別を表す言葉」をあまり使わない作家がいてもいいんじゃないかな、少数派だとしても「性別を表す言葉」が苦手な人は世に何人もいるに違いないから需要はあるんじゃないかな、と数年前からこういう仕事をするようになりました。

とはいえ、他の人の考え方を引用したり、『源氏物語』を論じたりする際に、性別に言及しないわけにもいかないので、「その性別に属する人は……」という表現にしたり、カッコに包んで「女」という書き方にしたりしています。

……と、まあ、私の場合はこんな具合にやっているわけですが、ＬＧＢＴＱ＋の当事者のすべてが「女」「男」といった言葉に馴染めないわけではありません。いや、そういった言葉にすごく馴染める、むしろ好き、という当事者の方が多いんじゃないかな、という気がします。「自分も女の子と言われたいし、恋愛相手も女の子が好き」という同性愛者の方に会ったことがありますし、「女性と言われたい」というトランスジェンダーの方のお話を聞いたこともあります。「ＬＧＢＴＱ＋の当事者」と聞くと、ひとまとめの同類の人たちという気がしてしまいますが、そうではなく、人それぞれなのです。

それに、いわゆる「女性」「男性」「異性愛者」という概念に馴染めている多数派の方でも、微妙に違和感があるとか、「大体のシーンでは馴染めるけれど、こういうシーンでだけは性別を言いたくない」という思いがあるとか、十人十色の性別感覚があると思います。

平安時代は二元論で性別を語りがちだったようですが、今は二つの区分には収まらないという考え方が一般化してきていますよね。でも、区分を十八にしても、百にしても、千にしても足りないと私は思うのです。性別の区分は、人間の数だけあるのではないでしょうか？

様々な性別感覚や恋愛感覚を持つ人たちが集まり社会を営んでいます。

性自認の問題だけでなく、どのような形で恋愛をするかというのも、実は人それぞれです。たとえば、恋愛は一対一で行うという考えが今の社会には浸透していますが、複数で恋愛をするという「ポリアモリー」という言葉があるそうです。その考え方をしている人たちにとっては、前項に書いたような「不倫」が起きても、当事者の間では納得し合っていたり、家族の中では問題が解決していたり、ということがあるらしく、その場合は外野の忠告は無用ということになります。日本の結婚制度が「一対一で異性間で恋愛する人たち」しか想定していないシステムになっているので、そこに当てはまらない人にとっては、結婚制度をどう活用して生きていけばいいのか難しいに違いありません。

現在、すべての人に当てはまる制度はどの国にもありません。

まだ未完成の社会で、誰かに圧力をかけながらみんなで生きている、と自覚するしかありません。

『源氏物語』には「ジェンダーの多様性」について書いてある巻はないし、そのことについて悩む描写があるキャラクターもいないので、引用をどこにするか迷います。

うーむ、空蟬《うつせみ》を思って光源氏が詠んだ歌にします。

空蟬は、若き光源氏の想い人で、いわゆる恋愛成就はありません。源氏は、部屋に忍び込んだものの、するりと空蟬に逃げられてしまい、脱ぎ捨てられた服に思いをぶつける、というラストになります。ストーリーとしては、光源氏は本当は空蟬が好きなのに、たまたまその部屋にいた別の人間、軒端荻《のきばのおぎ》という空蟬の義理の子どもにあたる人と性交渉を持ちます。それから、空蟬の弟にあたる幼い小君を空蟬の代わりにかわいがったりもします。かなりモラルに反する展開ですから、ちょっと引いてしまいますよね……。けれども、安易に源氏に靡《なび》かない空蟬の矜持《きょうじ》はかっこよく、残された服には情緒があります。

うつせみの身をかへてける木のもとに
なほ人がらのなつかしきかな

（新潮日本古典集成『源氏物語　一』より）

［ナオコーラ訳］

セミは脱皮したあとに変身して去った
その抜け殻が残る木のもとで
僕は見えない聞こえない触れない人のことを思っている

二元論で性別が描かれる物語でも、異性間でしか恋愛感情が芽生えない物語でも、面白く読むことはできます。ただ、書かれていない人がいる。書かれていない心もある。そのことを、頭のどこかに常に持っていたいです。

光源氏が服だけを抱きしめて遠くにいる相手を想像したように、私も読書をするときは文章という衣を見つめて、これは衣のみだけれども、世界のどこかに隠された心があるのだ、と想像したいです。

エイジズム

——源典侍

源典侍《げんのないしのすけ》は、高齢のキャラクターです。品があって、おしゃれで、色っぽくて、人柄も良いのに、高齢であるという一点の特徴から、お笑い担当という雰囲気で描かれます。光源氏と頭中将《とうのちゅうじょう》の間で揺れるという極上設定の恋愛シーンがあるのですが、とてもコミカルです。

年いたう老いたる典侍、人もやむごとなく、心ばせあり、あてに、おぼえ高くはありながら、いみじうあだめいたる心ざまにて、そなたには重からぬあるを、かうさだ過ぐるまで、などさしも乱るらむと、いぶかしくおぼえたまひければ、たはぶれ言言ひ触れてこころみたまふに、似げなくも思はざりける。あさましとおぼしながら、さすがにかかるもをかしうて、ものなどのたまひてけれど、人の漏り聞かむもふるめかしきほどなれば、つれなくもてなしたまへるを、女は、いとつらしと思へり。

（新潮日本古典集成『源氏物語　二』より）

［ナオコーラ訳］

とても年老いた典侍で、家柄も立派で、才気もあり、上品で、みんなから尊敬されている人がいる。ただ、かなり浮ついた性格で、恋愛方面では軽い雰囲気を漂わせていた。「あんなに年を取っているにもかかわらず、どうしてふしだらなんだろう？」と光源氏は興味を持ち、たわむれに声をかけて様子を見たところ、典侍の方は、自分と光源氏が不釣り合いだなんて露ほども思わないみたいで、まんざらでもない顔をする。

呆れてしまうな、と光源氏は思いつつ、でもやっぱりこういう人も面白いかも、と考え、デートをしてみたのだった。だが、周囲にこのことを知られたら、あんまり相手がおばあさんなので笑われるんじゃないかな、と人前では知らないふりをする。それが、典侍には、とてもつらいと感じられるのだった。

光源氏はからかうような気持ちで源典侍に恋をしかけ、しかしながらそれが実際に始まると周りを気にして恥ずかしがります。

その後はさらにコミカルになります。光源氏の友人である頭中将は日頃から光源氏をちょっとライバル視しているものですから、光源氏の恋愛の動向が気になって仕方なく、ちょっかいを出し始めます。光源氏の恋を嗅ぎつけると、頭中将も源典侍とデートしようとし、光源氏と頭中将と源典侍の奇妙な三角関係がにわかに誕生します。そうして、ドタバタの笑いでスッと終わります。

源典侍の恋は「面白いもの」という価値観で扱われるわけです。

人は何歳になっても恋愛していいはずなんですが、その年齢で恋なんて可笑《おか》しい、年相応の行動ではない、と世間から見られてしまうのですね。

恋愛に限らず、「その年齢なら、こういう活動をするべきだ」「その年齢なら、こういうファッションをするべきだ」という具合に、社会は年齢によって行動や容姿に圧力をかけてきます。

その圧力は、人々の視線から発生しています。

他人を年齢で見てしまう、ということを多くの人がやりがちです。私も、「この人は何歳ぐらいの人だろう?」と考えてそのぐらいの年代の理想像を押し付けようとしたり、文章や噂話で誰かのことを事前に知るときに年齢の情報が入っていると「その年齢っぽい人」のイメージを勝手に頭に浮かべたりしてしまいます。

年齢というものが、その人のキャラクターを決定する重要な要素に思えてしまうんですね。そうして、ステレオタイプの像を押し付けたり、理想像を頭に浮かべながら実際の人と会話したりしてしまいます。

「エイジズム」という言葉があります。年齢差別のことです。

相手に対し、その年齢に合ったものを勝手に求めて容姿や行動に制限をかけるのも、同じくらいの年齢の人たちをひとまとめで捉えてカテゴライズするのも、年齢差別ですね。

また、「限られた資源は、若い人に譲るべきだ」「この先の生きる時間が違うのだから、老いた人の意見はあまり尊重せず、若い人の意見を重要視して社会を動かしていくべきだ」といった考え方もエイジズムにあたります。

若い人を立てるべきだ。高齢の人は隅っこに隠れて、自分が老いている自覚を持ってくれ。そうして、若い人と関わるときは、若い人を笑わせてくれ。

これは末摘花《すえつむはな》の話で書いたルッキズムにも通じるかもしれません。末摘花も、自分をわきまえることや、コミカルに表現されるのを受け入れることを強いられている雰囲気がありましたよね。源典侍も、自分の年齢を意識することや、若い人に対して遠慮すること、笑われても受け止めることを強要されているように見えます。

今、日本は少子高齢化社会になっており、若い人よりも高齢の人の割合がぐっと高くなっています。

そうすると若い人に税金や介護などの負担がかかってしまうので、大変な問題になっています。とはいえ、それは社会構造の問題ですから、個人の高齢者を攻撃するのはおかしなことです。

けれども、高齢の人への攻撃は頻繁に起こっています。

また、高齢の人を軽んじる風潮もあります。たとえば、相手を「おばあさん」と捉え、下に見ているような声色で話しかける人がいます。意地悪をするのではなく優しく喋りかける場合でも、「おばあさん」とカテゴライズしてその人にかわいさやコミカルさを求めるのはエイジズムです。相手の年齢ばかりを気にして、人間に接するというよりも、「おばあさん」に接するという接し方をしてしまうのは大変に失礼ですよね。

どんな年齢の人が相手でも、人間として向かい合いたいところです。自戒をこめて、そう思います。

最近、SNSなどでよくみかける差別語として「劣化《れっか》」「老害《ろうがい》」といったものがあります。アイドルや俳優などの芸能人も人間ですから、年齢を重ねるにしたがって容姿が変化していきます。それを「劣化」という表現で貶《おとし》めるわけです。生きていくことを否定するような酷《むご》い言葉だと思います。

職場などで古いマナーを若い人に押し付けたり、時代に合った行動をせずに周りに迷惑をかけたりしている人を「老害」という言葉を使ってバッシングすることも行われているようです。若い人を押し退ける高齢の人、若い人を搾取する高齢の人はときどきいるでしょう。あるいは、前時代の教育を受けてきたことによって偏った価値観を持っていて、性差別や職業差別や国籍差別のような加害をしてしまう高齢の人も中にはいるかもしれません。でも、それを指摘したいときに、年齢差別に加担して差別語を使う必要はありません。受けた被害を訴える、権利を主張する、「それは差別にあたります」と伝える、といったことでいいのではないでしょうか。相手が高齢であることを声高に指摘する必要はないです。高齢といっても、人それぞれです。十把一絡《じっぱひとから》げにするのは差別です。

私も気をつけたいです。自分より年上の人を傷つけたくないです。

そして、私自身も年齢を重ねてきており、批判に敏感になっているところがあります。

この本では、現代社会におけるモラルだとかジェンダーだとか差別だとかハラスメントだとかといったことについていろいろ書いてきました。でも、こういったことに関する考えは日々進化していますから、私も若い人にはかないません。

教育環境だって昔と今とでは違いますから、たとえば、性差別に関しても、昔の教育を受けて成長した人は、どうしてもミソジニーのようなものを抱えやすく、加害しやすくなってしまうでしょう。大人になってから「自分が受けた教育は間違っていたんだな」と自分で気がついたり、「自分は加害しやすいから、差別に気をつけなくては」と省みたり、今の教育を受けた人よりも自分で意識しなくてはならないことが多くなります。

最近では、若い人が高齢の人に向かって、性差別やパワーハラスメントなどについて、「勉強してください」「アップデートしてください」と声がけしているのを見かけることもあります。

差別に関する勉強や考え方のアップデートは確かに必要ですから、それを求める声がけはなんら間違ってはいないのですが、なかなか難しいコミュニケーションになっているなあ、と感じます。他人を啓蒙するというのは大変なことです。自分自身で「勉強し直そう」「考えをアップデートしていこう」と決意するのとはわけが違います。それと、そういう声がけをしている人は、相手の高齢の人を良く思っていなくて、むしろバッシングしたい気持ちから「勉強してください」「アップデートしてください」と言っている節が見受けられます。自分を良く思ってくれていない相手のそういうセリフを素直に受け止めて「よし、勉強しよう」とは……、まあ、なかなか考えられませんよね。

とりあえず、年齢にかかわらずみんなが人間であること、それから、上の世代の人たちもいろいろな活動をしてきたのだということを踏まえたいところではあります。

若い人たちが勉強しやすくなっていたり、アップデートしやすくなったりしているのは、前の時代の人たちが一歩ずつ社会を変えていったことによって環境が整ってきたのだ、という理解は必要だと思います。これまでの歴史があって今があるわけで、過去を否定して現在のことだけを勉強しても、差別の根絶にはつながりません。どうして差別が根を張ったのかを知ることは大事です。これまでの変遷を知ってこそ、今の状況が見えてきます。それから、今ではなくなってきた差別問題もいろいろあって、たまに「寝た子を起こすな」「今の人たちはそのことに関する差別意識は持っていないのだから、わざわざ教える必要はない」といった意見を聞くこともありますが、知らない方がいいことなど世界にひとつもありません。「過去には、こんな差別があったんだ」と知って、現在において考えることで、やっと未来にバトンを渡せるのです。

そして、今、「進んでいる」というイメージで捉えられがちな人たちは実は大昔からいたのだということも、重要な前提です。

ＬＧＢＴＱ＋の人たちを先進的な存在として捉える風潮があります。でも、それは間違いで、前項で書いた通り、人類が誕生したときからＬＧＢＴＱ＋の人たちの割合は変わっていないので、別に進んでいる人たちではないのです。ＬＧＢＴＱ＋という言葉が最近になって使われるようになってきたというだけの話であって、『源氏物語』の時代はもちろん、太古からいました。今よりも過酷な環境だったかもしれませんが、その人たちもきっと、環境を少しでも変えようともがいたり、自分で工夫して楽しく生活したり、いろいろと複雑なことを考えながら生きていたに違いありません。

また、性別に関わらず社会参加して活躍する人が昔よりも増えたように見えて、そういう人たちが先進的に見える場合もあるかもしれませんが、これも間違いです。その性別で活躍した人は大昔からいたはずです。フェミニストという言葉はなかったかもしれませんが、きっと先史時代からフェミニストは活躍していました。社会参加、という概念も、現代的な捉え方だと、職業に就いていたり、昇進して役職を得たり、といったイメージになりますが、本来は家の中にも地域にも社会はあるわけで、家事だって育児だって社会参加ですし、主婦も主夫も社会人です。それに、狩猟時代の狩りは性別に関係なくみんなが参加していたという研究が最近発表されました。

なんにせよ、『源氏物語』から千年ほど経っても登場人物たちとそこまで変わらない私たちがいるわけで、現代を生きる私たちは赤ちゃんと「おばあさん」でも百歳差程度なのですから、たぶん、あまり変わらないのです。

年齢が違うから接し方を変えようと意気込まなくてもきっと大丈夫で、ただの人間同士というだけでいいのではないでしょうか。

出家

浮舟

『源氏物語』は、三部構成と捉えられ、第一部と第二部の主人公は光源氏でヒロインは紫の上、光源氏亡き後の第三部の主人公は薫《かおる》でヒロインは浮舟《うきふね》として読まれることが多いです（ただ、他にも、第三部の主人公を薫と匂宮《におうのみや》の二人とするなど、諸説あります）。

今回は、第三部の話をしたいと思います。

薫は光源氏の子どもです。ただ、源氏との血縁関係は実はなく、はっきりと知らされてはいないものの薫自身もなんとなくそれを感じており、ちょっと憂鬱な子ども時代を過ごしました。そして、必要以上に肩肘張って生きる青年になりました。

薫は、仏道に救いを求めるようになります。そんな折、宇治に住む桐壺帝の第八皇子が仏道に詳しくて「俗聖」と呼ばれていることを知り、八の宮に会いにいきます。八の宮は皇子と言っても、もう老齢に差しかかっています。不遇の皇子であり、政治とは関わらずに生きてきて、娘二人と共に宇治に隠遁しているのです。薫は、その八の宮の家をたびたび訪ね、仏教の会話を交わし、心の平安を得ます。「宇治十帖《うじじゅうじょう》」と呼ばれる第三部の物語の幕が上がります。

八の宮の二人の娘は、大君《おおいぎみ》と中君《なかのきみ》と呼ばれています。美しく、才気あふれる姉妹です。大君は落ち着いた性格、中君は華やかな性格で、それぞれの良さがあります。平安時代の結婚は早いですから、二十五歳と二十三歳になっている大君と中君は婚期を逸した境遇とも取れるようです。そんな二人と薫が出会えば、恋が始まります。薫は、姉の大君に惹かれ、愛を乞いますが、大君は断ります。

そんな折、匂宮がちょっかいを出してきます。薫は実直な性格で、匂宮はやんちゃな性格、と違いがありますが、二人は友人として、且《か》つライバルとして、幼少期から関わり合って育ちました。生まれつき良い香が体から漂う薫に対抗して、匂宮は服を焚き染めて香をまとっています。匂宮は今上帝の第三皇子であり、そして美貌も才覚もあり、おおいにモテているので、薫を意識する必要などないはずなのですが、なぜかことあるごとにライバル視するのです。薫が宇治で恋愛をしているようだと嗅ぎつけると、横入りするのが匂宮です。大君を隠したい薫は、中君を匂宮に紹介します。すったもんだののち、匂宮は中君と結ばれます。

そんな中、大君はいろいろな心労が重なり、亡くなってしまいます。薫は悲嘆に暮れます。匂宮は移り気で、中君との関係を大事にしていないように見えますし、薫は大君に少し似ている中君と自分が結婚すべきだった気もしてきて、あろうことか今更ながら中君を口説きます。中君は困って、「私たちには、もうひとり姉妹がいるんですよ。母親が違うので一緒に住んではいませんし、会ったこともないのですが……」といったことを薫に告げて、興味をずらそうと図ります。案の定、薫は「その妹を、大君の代わりに愛せるかもしれない」と思い始め、探し出すのです。

それが浮舟です。母親の身分が低いために八の宮から大事にされず、母親の再婚相手の受領《ずりょう》の元で育ったところ、受領は実子をかわいがって浮舟を疎んじたため、母親は浮舟を案じながらもなかなか思うような生活や結婚相手を浮舟に見つけてあげることができないでいました。浮舟は物語に登場時、母親や女房たちの噂話の中でぼんやりとした形で姿を現します。そして、自身が会話をする段になっても、はかばかしい受け答えはしません。そして、顔が美しいとはいっても、取り立てて特徴はありません。研究界隈では、浮舟は「形代《かたしろ》」という表現をされます。穢《けが》れを祓《はら》うために、紙などを人の形にしたものを自分の身代わりにして川などに流す風習があります。それを「形代」と呼ぶことがあります。つまり、浮舟は、身代わり、人形、といった雰囲気のキャラクターなのです。あまり人間味がありません。周りの人に縁《ふち》取《ど》られてなんとか姿が見える儚《はかな》い存在です。

薫は、浮舟の見た目を大君に似ているとし、大君ほどの才智はないようだが磨けば光るかもしれないなどと傲慢に評価したあと、恋愛を開始します。ただ、大君の身代わりです。これは『源氏物語』によくある展開です。光源氏も、「藤壺《ふじつぼ》に似ている」という理由で紫の上を連れてきたり、女三宮《おんなさんのみや》のことも「藤壺の血縁だから」と惹かれたりしていました。

果たして、こういう、「身代わりとして大事にする」というのは愛なのでしょうか？　さしあたり愛とするとしても、「愛された」ヒロインは、「身代わりとして大事にしてくれてありがとう」と思わなければならないのでしょうか？

ともあれ、この時代、ヒロインたちの性別では生活費を稼ぐ手段がありませんから、夫か父親に頼る方法を探るのが務めになります。浮舟の場合も、「薫が生活を見てくれる」となったら、浮舟の母親や、浮舟の身の周りを世話する女房たちは喜ぶのです。浮舟が薫と結婚すれば、母親や女房たちの生活も安泰です。

ただ、薫が恋を始めて、匂宮が黙っているわけがありません。やはり匂宮はちょっかいを出し、その後、薫のフリをして浮舟の部屋に忍び込み、性暴力によって浮舟を支配します。

その結果、当時の文化としては性暴力の被害者とは見なしてくれないので、浮舟は匂宮の恋人である、薫と匂宮という二人を天秤にかけている、と周囲から見られるようになります。後日、匂宮は浮舟を小舟に乗せて強引に連れ出してデートもします。浮舟はぼんやりとしたキャラクターなので、その状況に流されているとも見えます。母親と女房たちも自分たちの経済状況に不安を覚えます。それで、これまでの『源氏物語』の読書において浮舟は、「薫と匂宮の間で揺れ、どちらを選ぶかで迷う、二股の恋愛をするヒロイン」とされがちでした。

浮舟は思い悩んだ挙げ句、薫とも匂宮とも縁を切り、入水自殺を図ります。けれども、河岸に打ち上げられ、横川《よかわ》の僧都《そうづ》というお坊さんに助けられます。浮舟はしばらく自失状態で、回復してからも、昔の思い出を否定したいのか、自身についてまったく語りません。横川の僧都の妹の尼が、小野の家の主人です。その小野の家の主人が浮舟を引き取って生活を見て、かわいがります。浮舟はそれをありがたく感じながらも、俗世を捨てる決心をして、横川の僧都の手で髪を切ってもらい、出家します。小野の家の主人は、浮舟が俗世に戻って誰かの元で幸せになることを期待していたので、がっかりします。

やがて、浮舟の行方を探し当てた薫が、小野の家の主人のところに浮舟宛ての手紙をよこします。あなたとまた「男女の夢」について語り合いたい、といったようなことが綴られています。

「いかが聞こえむ」など責められて、「ここちのかき乱るやうにしはべるほど、ためらひて、今聞こえむ。昔のこと思ひ出づれど、さらにおぼゆることもなく、あやしう、いかなりける夢にかとのみ、心も得ずなむ。すこししづまりてや、この御文なども、見知らるることもあらむ。今日は、なほ持て参りたまひね。所違へにもあらむに、いとかたはらいたかるべし」とて、ひろげながら、尼君にさしやりたまへれば、「いと見苦しき御ことかな。あまりけしからぬは、見たてまつる人も、罪さりどころなかるべし」など言ひ騒ぐも、うたて聞きにくくおぼゆれば、顔も引き入れて臥したまへり。

（新潮日本古典集成『源氏物語　八』より）

［ナオコーラ訳］

「なんとお返事いたしましょうか？」

小野の家の主人からせきたてられ、

「気持ちがぐるぐるしてしまいましてね。このなんともいえない苦しさが静まったら何か申し上げたいんですが……。昔のことを頭に思い出したところで、心にはなにひとつ浮かんでこないんです。『男女の夢』ってなんだろう、いや、自分は夢なんて見ていたんだろうか……って、わけがわからなくなるのです。少し落ち着いたら、このお手紙にも、読んでわかるところがあるかもしれません。でも、今日のところは、このまま持ち帰っていただきたい。もしかしたら宛先が違っているのかもしれないし、それだったらとても恥ずかしいですし」

浮舟は手紙を広げたまま押し返した。すると、

「これはとてもみっともない振る舞いですよ。あんまり失礼なことをなさったら、あなたのこの行動を受け入れている私たちまでが罪を逃れられないでしょうね」

さらに小野の家の主人がやいのやいの言う。

浮舟としては、くだらない話はもう聞く気がしないから、服で顔を隠してしまった。

浮舟は薫の手紙を突っ返します。

薫は、浮舟のその態度を知り、「浮舟は、誰か他の恋人に匿《かくま》われているんじゃないか」という邪推をします。そこで、幕が降ります。

長く長く続いてきた『源氏物語』は、ここでラストを迎えます。

このラストが尻切れ蜻蛉《とんぼ》にも見えるため『源氏物語』は未完なのではないか、といった意見や、物語の運び方が前半とは違っているから第三部は紫式部ではない別の作者によって書かれたのではないか、といった意見もあります。

ただ、こういった意見はおそらく、「ヒロインが、主人公に大事にされて子どもを産んだり豪邸に住んだりする、あるいは主人公に振られてみじめになる、といった恋愛物語」だったら、『源氏物語』らしいとする考え方から出てきたものだと推察されます。あくまで主人公を主体として恋の結末が決まり、恋愛成就か悲恋かによってヒロインの幸せか不幸せが決まる、という考えの先にある意見だと思います。

私としては、これらの意見に反対です。浮舟によるラストは、むしろ、『源氏物語』らしいと感じます。最後まで紫式部によって書かれ、完結していると読みました。

『源氏物語』はラストに「恋愛物語」の外へ出たのではないでしょうか？

だって、紫の上の物語にも、ちょっと変な感じがありましたから。

身代わりで「愛され」たり、ヒロインは「愛され」たら愛し返さないといけなかったり、現代の読者には納得できないところがありました。

もちろん、光源氏の恋の冒険は面白いです。でも、現代の読者は、「これで良し」とは到底思えないです。当時の読者ももやもやした違和感は抱いたでしょうし、紫式部だって「もっと違う地平を描きたい」と思ったのではないでしょうか。長く書いたあと、恋愛を超えたものを書く意欲が湧いてくる、というのは自然な流れです。

浮舟の人生には、「薫から愛されるか」「匂宮から愛されるか」という二択しかないのでしょうか？

いいえ、「恋愛をしない」という選択もありました。

入水は衝撃的ですが、当時のこの性別の人物には、恋愛をしない方法は、死ぬか出家するかしかなかったはずです。

母親や女房たちの期待と経済と生活を浮舟は背負っていますし、出家をしたいという意見は、言い出しかねたのでしょう。

入水については、「二股恋愛の罪の意識にさいなまれて……」という読み方を長くされてきましたが、そもそも、これって二股なんでしょうか？

大君の身代わりとしての浮舟しか見ていない薫や、薫に対抗するために浮舟を性暴力で支配した匂宮に、浮舟がきちんと向かい合う必要はないです。二人の想いは愛に似ていても、愛ではないです。

人を騙して部屋に忍び込んで性暴力を行った加害者である匂宮との関係を、その後もきっぱりと拒否していないからといって、恋人同士と捉えるのは、現代だったら、絶対にあり得ません。

ともあれ、入水は失敗し、生き続けることになりました。

そして、浮舟はひとりの頭で考え、自分自身の心で出家を決めます。

母親や女房たちに縁取られ、薫に「形代」にされ、ぼんやりとしか存在していなかった浮舟が、ラストに人間らしい形をもったのです。人間として生きる方法が出家しかなかったのではないでしょうか？

出家は「俗世を捨てる」とも捉えられ、人間生活から離れることと考えられがちですが、浮舟にとっては、恋愛をしながら生きる方が人間らしくなかったのです。

恋愛をする道の先には、自分が人形のままでい続ける姿しか見えなかったのでしょう。

そんな浮舟の選択を、薫は理解することができません。浮舟が自分で人生を決めたなんて露ほども思わないのです。「他の恋人に匿われている」といった想像しかできません。ここが薫の限界なわけで、薫と浮舟の物語はこれ以上は進めないのです。

「恋愛をやめて山に入りたい」「人間関係をすべて切って山に入りたい」といったようなことを考えた経験を持つ人は少なくないでしょう。私も思ったことがあります。

ただ、現代においては、もう山に入る必要はありません。恋愛をしない人生を選ぶことが不自然ではない時代が始まりました。

きっと未来では、恋愛をするかしないかを本人が決めるのは当然で、さらに、今では想像もできないような選択肢もたくさんあって、自由な人生が築けるようになるでしょう。

受け身のヒロイン

――桐壺更衣と浮舟

『源氏物語』の始まりはこうです。

いづれの御時にか、女御、更衣あまたさぶらひたまひけるなかに、いとやむごとなき際にはあらぬが、すぐれて時めきたまふありけり。はじめより我はと思ひ上がりたまへる御かたがた、めざましきものにおとしめ嫉みたまふ。同じほど、それより下臈の更衣たちは、ましてやすからず。朝夕の宮仕へにつけても、人の心をのみ動かし、恨みを負ふ積りにやありけむ、いとあつしくなりゆき、もの心細げに里がちなるを、いよいよあかずあはれなるものに思ほして、人のそしりをもえ憚らせたまはず、世のためしにもなりぬべき御もてなしなり。上達部、上人なども、あいなく目を側めつつ、いとまばゆき人の御おぼえなり。唐土にも、かかる事の起りにこそ、世も乱れ、あしかりけれと、やうやう天の下にもあぢきなう、人のもてなやみぐさになりて、楊貴妃の例も引き出でつべくなりゆくに、いとはしたなきこと多かれど、かたじけなき御心ばへのたぐひなきを頼みにてまじらひたまふ。

父の大納言は亡くなりて、母北の方なむ、いにしへの人のよしあるにて、親うち具し、さしあたりて世のおぼえはなやかなる御かたがたにもいたう劣らず、なにごとの儀式をももてなしたまひけれど、とりたてて、はかばかしき後見しなければ、ことある時は、なほより所なく心細げなり。

さきの世にも、御契りや深かりけむ、世になくきよらなる玉の男御子さへ生まれたまひぬ。いつしかと心もとながらせたまひて、急ぎ参らせて御覧ずるに、めづらかなるちごの御容貌なり。

（新潮日本古典集成『源氏物語　一』より）

［ナオコーラ訳］

誰が天皇だった時代か、天皇の妃である女御《にょうご》たち、天皇に仕える更衣《こうい》たちがたくさん集っている中に、とくに高い身分というわけではないのに、誰よりも天皇に好かれて華やかな存在があった。

他の「自分こそが一番愛される存在になろう」と意気込んで天皇の妃になった人たちは、その存在を気に食わないものに感じ、さげすみ、嫉妬した。その存在と同じくらいの格の人や、もっと下の身分の更衣たちは、さらに心穏やかではなかった。その存在は、朝夕の宮仕でもみんなの心を掻き乱して嫉妬を生み、恨みを受け取ることが積りに積ったせいだろうか、病気がちになり、不安げな姿で実家へよく帰るようになった。すると天皇は、余計にどこまでも愛おしい存在に感じ、人の批判など意に介さず、世間の噂の種にされそうな行動を続けるようになった。

三位以上の閣僚である上達部《かんだちめ》、四位、五位、六位の上人《うえびと》なんかは無闇に横目でにらんだ。天皇がやっているのは、とても見ていられないような愛し方なのだ。中国でもこういう恋愛沙汰で社会が乱れたり世界が悪い方へ向かった例があったという。世間でも「天皇がひとりの人だけを愛するのはいけないことだ」といったふうに民衆の悩みの種になり、楊《よう》貴妃《きひ》のエピソードを引き合いに噂されるようにもなったので、その存在はいたたまれなかった。だが、ともかくも天皇のありがたい愛情を頼りに、宮中生活をなんとか続けていたのである。

その存在の父親である大納言は亡くなっていたが、母親である大納言の妻は古い家柄の教養ある人だったので、その存在が宮中へ上がる際、両親が揃っていて世間の評判が良い他の妃たちにそう引けを取らないよう、いろいろな儀式の支度を整えた。だが、しっかりとした後見がいるわけではないので、改まったことがあるときは、やはり、頼るところがないと感じられ、心細くなった。

それでも、前世からの縁が深かったのだろうか、またとなく美しい、宝石のような子どもが生まれた。天皇は、まだかまだかと待ち遠しく思い、生まれたら急いで宮中へ連れてこさせて姿を見た。類まれな素晴らしい容貌だった。


とても有名な出だしです。

こうして改めて読むと、あっという間に物語が展開するのでびっくりします。すぐに光源氏まで誕生しましたね。めくるめく物語を数行で感じられるので、一ページ目からどっぷりと源氏世界に浸かってしまいます。

出だしの中心人物を、私はここで「その存在」と訳しましたが、桐壺更衣のことです。光源氏の母親ですね。

後世の読者は桐壺更衣と呼びますが、その呼び名は作中にはありません。でも、桐壺帝に仕える更衣という役職の人なので、わりとそのままの呼び名です。『源氏物語』の他のヒロインたちの多くは、歌やセリフなどに出てくる花や風物などの雅《みやび》やかなあだ名が付いているので、桐壺更衣は便宜的で地味なあだ名かもしれません。

それにしても、この「桐壺更衣」という呼び名は、今の感覚で捉えるとちょっとひどいです。幼少時代の名前や、実家で呼ばれていた名前もあったでしょうに、そんなことは読者も誰も気にしてきませんでした。桐壺帝の付属物としてしか見られていないわけです。さらに、更衣という役職名は、「妻ではなくて着替えの手伝いをしていた人が、『身分の低い妻』のような存在として扱われていた」という時代の名残の言葉のようなので、現代人が気持ち良く感じる言葉でもないですよね。

『源氏物語』の登場人物は、読者によって付けられたあだ名で現在の多くの人に認識されていますが、作中には名前がほとんど出てきません。

その理由のひとつは、高貴な人を名前で呼ぶのは失礼だ、という当時のマナーによるものでしょう。もうひとつには、この時代の文章には豊かな敬語が使われているので、動詞だけでも、その行動が誰のものか、そのセリフが誰による発言か、十分に推測が可能だということがあります。さらにもうひとつ、ヒロインが能動的に動かずに周りに象《かたど》られて存在する、という物語構造も影響しているかもしれません。

この出だしの文章には、桐壺更衣の所在なさが滲《にじ》んでいて、そこに読者は心を鷲づかみにされるわけですが、桐壺更衣本人の視点よりも、女御たち、母親、天皇、上達部、上人、民衆といった、桐壺更衣の周りの人たちの視点を感じるから、面白いんですよね。「そういう環境にいて、周りからそう見られているんなら、そりゃあ、所在ないよね」となり、桐壺更衣本人の思いや行動はそんなに書かれなくても読者は気になりません。桐壺更衣本人がどう思ってどう行動するか、ということより、桐壺更衣が周りからどう思われてどう扱われていくか、ということが物語を進めます。

現代の物語は、ヒロインの主体性に重きを置くことが多いですから、現代の読書シーンでは、この構造は問題だと捉えられるかもしれないし、あるいは、あまり好意的に受け取られないかもしれません。

でも、問題だとしても、好意的に受け取れないとしても、やっぱり、惹かれます。少なくとも私は読んでいて心がギュッとなります。

どうしてだろう？　と考えるに、「そう、そう。人間って、こういうふうに存在しているよな」と再認識させてくれるからだと思いました。

誰だって人間は、主体性を持って考え、能動的に自分の人生を進めたいものです。だから、ヒロインが思考し、決定し、行動する話には爽快感があります。自分が思っているような自分になれる、そんな物語は素敵です。

でも、実際の人生ではそうはいかない場合がほとんどです。人間は、自分が思っている通りには、自分の形を作れないのです。なぜなら、社会的動物だからです。

どの性別であろうと、誰だって、世間の中でゆがめられています。世間の中でしか自分の形を作れません。自分で思っている通りの自分の形を作っている人間は、この世界にひとりもいません。みんな、他者の視点によって、自分の姿を形作られています。

桐壺更衣は早世しますが、子どもである光源氏によって、理想化されていきます。まあ、ゆがめられていくわけですね。光源氏は、いつまでも桐壺更衣の幻影を追い、恋愛相手に母親を重ね、「自分の母親は素晴らしかった」と思い続けます。読者も一緒に、「桐壺更衣に会いたい。桐壺更衣は素晴らしかった」という気持ちになります。マザコンだなあ、と思いつつも、「他者の像を、自分の中で勝手に作る感覚」を知っている読者は多いですから、つい共感してしまうのです。自分の形を他者に作られて嫌な思いをしながら、自分は他者の形を勝手に作り、人間は生きるのです。

ところで、『源氏物語』のラストのヒロイン浮舟《うきふね》は、かなり顕著な「ゆがめられヒロイン」です。やはり、女房や母親たちの噂話の中で登場し、「人形」といった言葉で形容され、誰に似ているか、といったことのみで認識されます。周囲の人たちによって形が作られます。能動的なシーンや、主体性のある行動は、最後の最後で、やっと出てきます。人物像としては、立派な人物というより、容姿や性格や才能が凡庸《ぼんよう》であるふうにも描かれています。

最初のヒロイン桐壺更衣は、受け身型のヒロインですが、熱烈に愛され、愛を頼りに人生をまっとうし、その後の物語の展開から、容姿や性格や才能が素晴らしかったことが推察できます。短命で儚《はかな》げなイメージではありますが、物語のヒロインとしては成功しています。

そうして、長く長く続いた物語のラストで、紫式部は、同じような受け身型のヒロインを設定しながらも、いわゆる「ヒロイン」としては成功させなかったんですね。浮舟は、愛されません。恋愛をやめます。「恋愛をやめる」というときに、やっと「主体性」のようなものが垣間見られるんですね。

私はそこが面白いな、と感じます。

浮舟は、「ヒロイン」としては成功していないし、物語としても、これが完成形、これが答え、という雰囲気がラストで出ませんでした。ただ、より人間らしく描かれていると言えるでしょう。「恋愛物語」からは最後にはみ出すけれども、人間っぽいです。

紫式部は桐壺更衣とは違うヒロイン像を最終的に描いたわけですが、それは桐壺更衣の否定ではなかったはずです。

この長い長い『源氏物語』を牽引《けんいん》したのは、やはり桐壺更衣です。この人物の魅力があったからこそ、読者はページをめくること（あるいは巻物を広げること）を繰り返してきました。

私は、この出だしの筆致から、「紫式部も桐壺更衣を愛していたんじゃないかな？」と推測します。好きだから書いている、そんな雰囲気が言葉の隙間から溢れています。

紫式部が長い長い物語を書けたのも、桐壺更衣の存在があったからでしょう。物語執筆の原動力は、作者の思想よりも、登場人物の思想から湧いてくるものです。

桐壺更衣を否定するつもりもないし、人間とはこういう存在だし、面白い物語は桐壺更衣によって始まった。ただ、桐壺更衣は何かしら無念に思いながら亡くなったのではないか……。紫式部はそんな思いを抱きながら、筆を動かしていたのかもしれません。紫式部自身にも先が見えないまま、執筆の旅が続いたのでしょう。

先程書いたように、現代の物語はヒロインの主体性を重んじるものが主流です。けれども、未来の物語はそれともまた違うものに変容していくでしょう。

ヒロインが主体性を持つ、ということが物語というものの答えだとは、私には思えません。すべての物語がその一点を目指すべきだとは考えられません。

受け身のヒロインを面白く感じる自分がいますし、他者に形作られる物語に納得する自分もいます。それでいて、何か違う、何か違う、……とヒロインにも、読者にももやもやが残ります。何を目指せば良いのでしょうか?

何が答えなのでしょうか?

実は、文学には目指すところも答えもありません。ただの旅なのです。

どんなにモラルが変化して、多様性の受容が進んで、マナーが浸透しても、答えが出ることはないし、旅が終わることもありません。

浮舟の生き方は、決して紫式部が出した答えではないのです。迷いが具現化した姿です。

読書をしながら、いろいろなことを考えることは、作品参加になります。

現代の読者は、未来の読者へバトンを渡すことができます。私たちより前の時代の読者たちが、『源氏物語』の登場人物に名付けをして定着させたように、現代の読者も作品に参加したら、未来へつなげていけるのです。

人間はみんな、未来へ向かいます。これまでとは違う道を探します。それは、過去の否定ではありません。これまでの道を愛しながら、この先の迷い道を楽しむのです。

もう一度書きます。

文学は旅です。

だから、未来においても、人間は『源氏物語』を読み続けることでしょう。

山崎ナオコーラ（やまざき なおこーら）

小説家、エッセイスト。1978年生まれ、性別はない。國學院大學文学部日本文学科卒業。卒業論文は、似ている人たちをカテゴライズする不思議さについて書いた「『源氏物語』浮舟論」。2004年に『人のセックスを笑うな』でデビュー。「誰にでもわかる言葉で、誰にも書けない文章を書く」が目標。『源氏物語』の現代語訳が夢。

ミライの源氏物語

2023年3月13日　初版発行
2023年6月30日　3版発行

著　者　山崎ナオコーラ
発行者　伊住公一朗
発行所　株式会社 淡交社
本社：〒603-8588 京都市北区堀川通鞍馬口上ル
営業　075（432）5156
編集　075（432）5161
支社：〒162-0061 東京都新宿区市谷柳町39-1
営業　03（5269）7941
編集　03（5269）1691
www.tankosha.co.jp
印刷・製本　中央精版印刷株式会社

ISBN 978-4-473-04548-5

定価はカバーに表示してあります。
落丁・乱丁本がございましたら、小社営業局宛にお送りください。送料小社負担にてお取り替えいたします。